中国诗歌经典作品一百首系列

明清诗一百首

周啸天 注评

商务印书馆 国际有限公司

中国·北京

图书在版编目（CIP）数据

明清诗一百首 / 周啸天注评 . -- 北京：商务印书馆国际有限公司, 2021.5
（中国诗歌经典作品一百首系列 / 周啸天主编）
ISBN 978-7-5176-0822-6

Ⅰ.①明… Ⅱ.①周… Ⅲ.①古典诗歌—诗集—中国—明清时代 Ⅳ.① I222.74

中国版本图书馆 CIP 数据核字 (2021) 第 073831 号

明 清 诗 一 百 首
MINGQING SHI YIBAI SHOU

注 评 者	周啸天
出版发行	商务印书馆国际有限公司
地　　址	北京市朝阳区吉庆里 14 号楼 佳汇国际中心 A 座 12 层
邮　　编	100020
电　　话	010 - 65592876（编校部） 010 - 65598498（市场营销部）
网　　址	www.cpi1993.com
印　　刷	北京中科印刷有限公司
开　　本	880mm × 1230mm　1/32
字　　数	196 千字
印　　张	5
版　　次	2021 年 6 月第 1 版第 1 次印刷
书　　号	ISBN 978-7-5176-0822-6
定　　价	32.00 元

版权所有・违者必究
如有印装质量问题，请与我公司联系调换。

序言

有人认为一切好诗到唐朝已被作完,"唐以后诗,但以参考史事存之可也,其语则不足诵"(章太炎)。但清代诗人赵翼不这样看,其《论诗》云:"李杜诗篇万口传,至今已觉不新鲜。江山代有才人出,各领风骚数百年。""满眼生机转化钧,天工人巧日争新。预支五百年新意,到了千年又觉陈。"唐宋以后,社会发展到新的阶段,产生了一系列重大的历史性社会变革,不少生活内容、精神境界,是前人无从梦见的。同时,五七言古近体诗仍然具有强大的生命力。诗人们运用这些体裁去反映和表现自然、社会和人生之真假善恶美丑,仍然佳作累累,美不胜收。"我愧虽无李白才,料应月不嫌我丑。"(唐寅)这是很好的心态。

明清时期诗学著述的数量和质量远超宋人,更不用说唐人了,诸如《怀麓堂诗话》《谈艺录》《四溟诗话》《艺苑卮言》《诗薮》《唐音癸签》《姜斋诗话》《原诗》《带经堂诗话》《说诗晬语》《随园诗话》《瓯北诗话》等等,在总结评论前人得失的同时,提出了不少有价值的诗歌主张和见解,思想的火花,逐处可见。而这些著述的作者,如李东阳、徐祯卿、谢榛、王世贞、王夫之、王士禛、沈德潜、袁枚、赵翼等,多为卓有成就的诗人。此外如高启、钱谦益、吴伟业、查慎行、黄景仁、龚自珍、黄遵宪等卓荦十余家，亦可谓"江山代有才人出，各领风骚数百年"。

为表现博大昌明的汉官威仪，明代开国即诏复衣冠如唐制，盛唐气象遂为文士憧憬。高棅编选了影响卓著的《唐诗品汇》，按时代、体裁细分正始、正宗、大家、名家、羽翼、接武、正变、余响、旁流九格，悬为诗歌范式。这就决定了明诗继续元诗宗唐的大方向。而长达百年之久的前后七子的复古运动已朕兆于此。"文必秦汉，诗必盛唐"（李梦阳）的理论偏颇，一定程度限制了明诗的成就，"今人但见黄金、紫气、青山、万里，则以于鳞体，不熟唐诗故耳"（《诗薮》）。不过江南有一批诗画兼长的才子，如唐伯虎等，作诗不事雕琢，纯任天真。徐渭、李贽等反对模拟，李贽的《童心说》为性灵派的主张奠定了基础。

清代诗家蜂起，诗派林立有逾明时。清代诗人惩于元诗绮靡、明诗恋旧及诗境浅狭的流弊，转益多师、取径较广，在继承的基础上不断创新，而现实主义始终为诗坛之主流。故诗歌出现了百花竞艳的复兴局面，成就超过元、明。清初"江左三大家"之一吴伟业别开生面，创作成就斐然可观。他饱经沧桑，而善取重大主题作为叙事长诗，如《圆圆曲》《楚两生行》等数十篇，取易传之事为绝妙之辞，"格律本乎四杰，而情韵为深；叙述类乎香山，而风华为胜"（《四库全书总目提要》），时称"梅村体"，可以颉颃唐代的元稹、白居易。康熙、雍正年间，社会已趋稳定。王士禛远绍南宋严羽，倡导"神韵说"，以七言绝律为擅场，古淡自然，清新圆润，为一时景从。盛唐风调，复睹于斯。其间挺生查慎行，出入苏轼、陆游而兼采唐音，"故梅村后，欲举一家列唐宋诸公之后者，实难其人。唯查初白才气开展，工力纯熟"，"继诸贤之后"（《瓯北诗话》）。沈德潜倡"格调说"，诗宗汉、魏、盛唐，其诗平正朴实，所编著《唐诗别裁集》《说诗晬语》于诗学影响深远。

乾隆、嘉庆时期，号称三大家的是袁枚、赵翼、蒋士铨，而以袁枚成就最为突出。袁枚继明公安派之后提倡抒写性灵，偏嗜情趣追求，诗作从内容到形式都令人耳目一新，堪称"清代的杨万里"。"扬州八怪"中的郑燮，诗、书、画号称"三绝"，既关心民间疾苦又具有充分的个性，《道情十首》与题画绝句，脍炙人口，不逊唐宋名家。同时诗坛出现了一颗巨大的"彗星"，即早熟而短命的诗人黄景仁。其诗才甚高，善写社会不平和个人遭遇的不幸，表现出一种力透纸背的孤独感。同时期的著名诗人不少，但要"求一些语语沉痛、字字辛酸的真正具有诗人气质的诗，自然非黄仲则莫属了"（郁达夫）。

鸦片战争的洋枪洋炮打开了中国古老的大门，随后太平天国运动风起云涌，中国社会性质发生了重大变化，诗坛也随之发生了重大变革。在时代风暴到来前夕，被柳亚子誉为"三百年来第一流"的龚自珍，发启蒙思想家特有的敏感，忧念时局，呼唤风雷。其诗驰骋想象，冲决常规，语言瑰奇，富于暗示，在万马齐喑中具有振聋发聩的力量。《己亥杂诗》七绝组诗三百余首构成的大型组诗，上继唐人、下启来者，其独创性表现在叙事抒情结合的格局，成功塑造了一个冲决罗网、呼唤风雷的诗人自我形象。

晚清诗坛有一些远离社会现实的旧派，与诗坛新风对垒。如崇尚汉、魏、六朝、盛唐的"湘湖派"，崇尚宋诗的"同光体"等，就诗论诗，亦各有偏长独至。太平天国运动以失败告终，资产阶级改良主义政治运动兴起、上层社会内部发生激烈的守旧与革新的冲突、西方声光化电科技知识的传入，引起了一场"诗界革命"。黄遵宪、梁启超最称翘楚。黄遵宪以改良主义思想为武器，广泛借鉴古人、学习民歌，大胆使用新名词和流俗语，创为"新派诗"。"熔铸新理想以入旧风格"，"元气淋漓，卓然称大家。"（梁启超）康有为亦倡言："意境几于无李杜，目中何处着元明。"（《与菽园论诗兼寄任公孺博曼宣》）梁启超更求新声于域外，倡导译介拜伦、莎士比亚、弥尔顿等人作品以为楷模。这时诗人尽管仍沿用五七言古近体的形式，然实已出现形式为内容突破的趋势。至此，旧体诗的老调子已经唱完了，离新诗的诞生已为期不远。

从以上粗陈梗概、挂一漏万的叙述中，读者们也会感到明清诗堂庑深广，确有可观。纵观这段诗史，第一流诗人大多产生于重大社会变革之际。诗歌一直肩负着重大历史使命，反映着时代的面貌，表现了时代的精神。爱国诗人，关心民瘼的诗人比比皆是。以《诗经》、乐府诗、杜甫诗、白居易诗为代表的现实主义诗歌传统得到充分发扬光大。

明清时调山歌却以新鲜活泼的体调，唱出了惊世骇俗的歌声，《山歌》《挂枝儿》《罗江怨》《打枣竿》等为明代文学一绝；而清代的俗曲《马头调》《寄生草》等，亦成就相当，是南朝乐府以来中国民歌的又一次重大收获。

笔者从浩如烟海的明清诗中，择重选取思想内容、语言形式不为唐宋所囿、令人过目难忘的名篇佳作约一百二十首，予以注释、简评，以飨读者，俾其尝肉一脔，而知一镬之味、一鼎之调焉。

周啸天

目录

高启	寻胡隐君	1
	田舍夜春	2
于谦	石灰吟	3
李东阳	柯敬仲墨竹	4
唐寅	把酒对月歌	5
	言志	7
边贡	重赠吴国宾	8
杨慎	送余学官归罗江	9
黄峨	寄外	10
宁王翠妃	梅花	12
归有光	颂任公诗	13
沈明臣	凯歌	14
	萧皋别业竹枝词	15
徐渭	龛山凯歌	16
	风鸢图诗	17
	题葡萄图	18
	天河	19
王世贞	送妻弟魏生还里	19
戚继光	马上作	20

2 明清诗一百首

袁宏道	听朱生说水浒传	22
孙友篪	过古墓	23
王象春	书项王庙壁	24
钱谦益	金陵后观棋	25
史可法	燕子矶口占	26
施武	相见坡	28
郑之升	留别	29
*	挂枝儿·缘法	30
*	夹竹桃·男儿到此	31
吴伟业	圆圆曲	32
	梅村	36
	戏题仕女图	38
方以智	独往	39
周亮工	靖公弟至	40
宋琬	舟中见猎犬有感	41
张家玉	自举师不克与二三同志怏怏不平赋此	42
吴嘉纪	绝句	43
毛奇龄	览镜词	44
陆次云	咏史	45
陈维崧	别紫云	47
	南乡子·邢州道上作	48
	点绛唇·夜宿临洺驿	49
费密	栈中	50
	朝天峡	51

	高邮遇故人 ……	52
叶燮	梅花开到九分 ……	53
	客发苕溪 ……	54
董以宁	闺怨 ……	55
梁佩兰	养马行并序 ……	56
朱彝尊	桂殿秋 ……	58
陈恭尹	读秦纪 ……	59
王士禛	再过露筋祠 ……	60
	真州绝句（其四）……	61
赵俞	督亢陂 ……	62
邵长蘅	津门官舍话旧 ……	63
张实居	桃花谷 ……	64
潘耒	广武 ……	65
刘献廷	王昭君 ……	67
	题闺秀雪仪画嫦娥便面 ……	68
孔尚任	北固山看大江 ……	69
陈于王	桃花扇传奇题辞 ……	70
查慎行	舟夜书所见 ……	71
纳兰性德	长相思 ……	72
	浣溪沙 ……	73
	蝶恋花 ……	74
曹寅	古北口中秋 ……	75
屈复	偶然作 ……	76
徐兰	磷火 ……	77

	出关	78
赵执信	氓入城行	79
沈德潜	过许州	82
顾陈垿	砚	83
黄任	彭城道中	84
郑燮	道情十首	85
	潍县署中画竹呈年伯包大中丞括	90
	竹石	91
	题画竹	92
刘大櫆	西山	93
赵关晓	赠友	94
李葂	题雅雨师借书图	95
袁枚	秋蚊	96
	马嵬	97
	咏钱（其三）	98
	大姊索诗	99
	苔	100
	所见	101
	遣兴（其一）	102
	遣兴（其二）	103
赵翼	套驹	104
	论诗	106
王文治	安宁道中即事	107
黄景仁	杂感	108

	绮怀（其十五）	109
	都门秋思	110
	少年行	111
	羹颉侯冢	112
	别老母	113
	新安滩	114
袁承福	老翁卖牛行	115
张问陶	读桃花扇传奇偶题（其一）	116
阮元	吴兴杂诗	118
张维屏	三元里	119
龚自珍	漫感	122
	咏史	123
	己亥杂诗（其五）	125
	己亥杂诗（其一二五）	126
姚燮	卖菜妇	127
高鼎	村居	128
曾国藩	傲奴	129
金和	饲蚕词	131
黄遵宪	纪事	132
	海行杂感	137
	三十初度	138
丘逢甲	春愁	139
	山村即目	140
蒋智由	有感	141

梁启超	纪事诗	142
	读陆放翁集（其一）	143
夏敬观	今子夜歌（其一）	144
无名氏	马头调·离情	145
	寄生草·相思	146
	寄生草·折扇	147

寻胡隐君①

高启

渡水复渡水,看花还看花。
春风江上路,不觉到君家。

作　者

　　高启(1336年—1374年),字季迪,号槎轩,长洲(今江苏苏州)人。元末隐居吴淞江青丘,自号青丘子。与杨基、张羽、徐贲并称"吴中四杰"。洪武初,召修《元史》,授翰林院国史编修,拜户部侍郎,不受。后因《上梁文》被疑为歌颂张士诚,被腰斩。有《高太史大全集》行于世。

注　释

　　① 寻:访问。胡隐君:诗人好友,一位姓胡的隐者。

简　评

　　这首诗写诗人去访问友人——一位姓胡的隐士。从"渡水复渡水"二句可知到胡隐君家路途不近,然而一路风光却非常优美。"渡水""看花"实在是太简略的叙写,然而通过叠句法,却能给人以山重水复、柳暗花明的繁复与变化之感。"复""还"二字的勾勒,给人"总想看个够,总也看不够"的感觉,而不是厌倦其多。第三句展现了一条路,即到胡家的路。最妙的是最后一句"不觉到君家":它不仅是说,因为看花看水,不知不觉来到胡家,一点儿也不感觉路远;而且意味着诗人到了胡家才回过神来,仿佛直到这时他还没有看够似的,几乎已经忘了此行的目的是什么。《世说新语·任诞》记载了晋代名士王子猷居山阴,雪夜思念友人戴安道,遂连夜乘船往,经一夜到达,不见戴而返,说:"吾本乘兴而行，兴尽而返，何必见戴？"这首诗的抒情主人公，却并没有取消访友行动，"不觉到君家"，突然换了第二人称语气，似乎是和胡隐君见面后寒暄的话。他一面说着，一面还在为沿途的风光兴奋不已。这情景就像活现在读者面前似的。

田舍夜舂①

高启

新妇春粮独睡迟②，夜寒茅屋雨来时。
灯前每嘱儿休哭③，明日行人要早炊④。

注　释

① 田舍：农家。舂（chōng）：把东西放在石臼或乳钵里捣掉皮壳或捣碎。
② 新妇：古诗中对已婚妇女的习惯称呼。
③ 每：多次。
④ 行人：远行的人。

简　评

　　这首诗用最朴素的笔墨，绘出一幅田舍夜舂的生活图画：一位村妇在下雨的寒夜中舂米，年幼的孩子不断啼哭要妈妈，于是村妇不得不一遍又一遍地哄劝孩子，即使这样也没有停下手中的活儿。从这幅图画里流露出的是人性美。诗中村妇兼有母亲与当家者的双重身份，在这两个方面她都出于本性地尽心尽责。对于孩子，她称得上是慈爱的母亲；对于"行人"，她称得上是能干的女主人。"行人"可能是大家庭中的男性成员，也可能是住店的客人。诗中女主人公尽心尽力，任劳任怨，是中国古代劳动妇女的真实写照。

石灰吟①

于谦

千锤万凿出深山②,烈火焚烧若等闲③。
粉身碎骨全不怕,要留清白在人间④。

作　者

于谦(1398年—1457年),字廷益,号节庵,钱塘(今浙江杭州)人。永乐十九年(1421年)进士。宣德初,授御史。后以才迁兵部右侍郎,巡抚河南、山西。正统十三年(1448年),召为兵部左侍郎。景帝立,升兵部尚书。土木之役,英宗被俘,瓦剌也先率兵进逼北京。于谦击退敌军,加封少保,总督军务。英宗复位后,被诬陷,弃市。后平反昭雪,赠太傅,谥号肃愍,又改谥忠肃。有《于忠肃集》。

注　释

①吟:古代诗体的一种名称,相当于歌。
②千锤万凿:指经过无数次的锤打凿击,形容石灰经历诸多磨难。
③烈火焚烧:指石灰的烧制过程。若等闲:好像很平常。等闲,平常。
④清白:指石灰洁白的本色,双关"高尚的节操"。

简　评

这一首咏物言志的七绝,相传是诗人十七岁在杭州吴山三茅观读书时所作。诗人年少时受祖父影响,崇敬文天祥"殉国忘身,舍生取义"的抱负和气节,用以作为自己立身行事的准则。这首诗是托物言志之作,通篇用拟人法。首句写石灰石的开采,第二句写石灰的烧制,表明石灰出世的不容易,经过了充分的历练、折磨和考验。第三句写石灰的用世,须经过浸泡分解,由块状的生石灰变成粉状的熟石灰。"粉身碎骨"一语极形象地说明了这一分解过程。"全不怕"是拟人,在这里石灰被赋予了勇于自我献身的精神。第四句说要把"清白"的名声留在世上,暗寓诗人不平凡的抱负和正直的人格,也是诗人真实而生动的写照。此诗取材新颖,比喻形象生动;字句铿锵有力,气势坦荡;立意高远,思想深邃;真切感人,读之令人受到鼓舞,堪称咏物诗之上品。

柯敬仲墨竹①

李东阳

莫将画竹论难易,刚道繁难简更难②。
君看萧萧只数叶③,满堂风雨不胜寒④。

作　者

李东阳(1447年—1516年),字宾之,号西涯,祖籍湖广长沙府茶陵(今属湖南),寄籍京师(今北京)。天顺八年(1464年)进士,选翰林院庶吉士。成化元年(1465年)授编修。历侍讲、侍讲学士,充东宫讲官。弘治八年(1495年)以礼部侍郎兼文渊阁大学士,直内阁,预机务。为明代成化、弘治年间诗坛首领。谥号文正。有《怀麓堂集》《怀麓堂诗话》等。

注　释

①柯敬仲:柯九思,字敬仲,号丹丘生,元代著名书画家,著有《竹谱》。
②刚:偏要。
③萧萧:稀疏的样子。
④不胜:禁不起。

简　评

这是一首题画(墨竹)诗,也可当一篇画论读。首句"莫将画竹论难易"的"画竹"本该作"繁简",由于下句要用,所以只说"画竹"。第二句是关键句:"刚道繁难简更难。"一句中包含两个道理:一个道理是"繁难",属于常识范畴,繁和难常常联系在一起,恰如简和易常常联系在一起一样。另一个道理是"简更难",这是对常识的颠覆,但符合辩证法。学画初级阶段是由简到繁,高级阶段则是删繁就简。三、四句是形象地论证:"君看萧萧只数叶,满堂风雨不胜寒。"一幅画居然能产生满堂风雨的通感,由视觉通于听觉(萧萧)、通于肤觉(不胜寒)。通常形容"只数叶"该用"寥寥",而诗人却用"萧萧",这就不但绘色而且绘声——风雨吹打竹叶之声,使两句浑然一体,所以为妙。

把酒对月歌[①]

唐寅

李白前时原有月,唯有李白诗能说[②]。
李白如今已仙去[③],月在青天几圆缺?
今人犹歌李白诗,明月还如李白时。
我学李白对明月,月与李白安能知?
李白能诗复能酒,我今百杯复千首。
我愧虽无李白才,料应月不嫌我丑[④]。
我也不登天子船,我也不上长安眠[⑤]。
姑苏城外一茅屋[⑥],万树桃花月满天。

作　者

唐寅(1470年—1523年),字伯虎,一字子畏,号六如居士、桃花庵主,吴县(今江苏苏州)人。弘治十一年(1498年)举乡

6 明清诗一百首

试第一。因牵连徐经科场案下狱,谪为吏,耻不就。筑室桃花坞,日饮其中,蔑视世俗,狂放不羁。卒于嘉靖二年(1523年)。善书画,与祝允明、文徵明、徐祯卿并称"吴中四才子"。有《六如居士全集》。

注　释

①把酒对月:李白有《把酒问月》诗。把酒,端着酒杯。
②李白诗:指李白《把酒问月》,或李白咏月的诗。说:指咏月。
③仙去:仙逝,对死的一种委婉说法。
④料应:想来应该是。
⑤天子船:杜甫《饮中八仙歌》"天子呼来不上船"句。长安眠:杜甫《饮中八仙歌》"长安市上酒家眠"。都是咏李白的诗句。
⑥姑苏:苏州,诗人居住地。

简　评

唐伯虎科场失意,落拓半生,于明武宗正德二年(1507年)在苏州桃花坞筑桃花庵,日与好友祝允明、文徵明等饮其中,蔑视世俗,狂放不羁。这首诗咏李白以自况。一开始就以兀傲的口气,推倒一切月诗,独尊李白。调门是李白的,新意是唐寅的。诗中在李白与明月之间,加入了"我"。如果失去了这个"我",也就失去了李白精神。"我愧虽无李白才,料应月不嫌我丑"是诗中可圈可点的名句,上句妙在自知之明,下句妙在不卑不亢。这种有分寸的自负之语,任何读者都不反感而容易接受。好比谢灵运说:"天下才有一石,曹子建独占八斗,我得一斗,天下共分一斗。"最后诗人讲出了自己和李白的不同:"我也不登天子船,我也不上长安眠。"语出杜诗。"姑苏城外一茅屋"就是桃花庵。全诗表现的倜傥不群、超尘脱俗的追求自由与反抗权势的精神和豪放飘逸的句调风格都酷肖李白,妙在古今同调。

言志

唐寅

不炼金丹不坐禅①,不为商贾不耕田②。
闲来就写青山卖③,不使人间造孽钱④。

注　释

①金丹:古代方士用丹砂与铅、硫黄等原料炼成,据说能使人长生的药物。坐禅:佛教徒静坐潜修领悟教义的方法。
②商贾(gǔ):商人,行为商,坐为贾。耕田:务农。
③写青山:画成山水,泛指画好画。
④造孽钱:指来路不正的钱。造孽,本作造业,佛教用语,要遭报应的行为。

简　评

　　这首诗不见于唐伯虎本集,见载于《尧山堂外纪》及《夷白斋诗话》。从诗的内容及语言形式的惊世骇俗和脍炙人口的情况来看,都可信为唐寅所作。"不炼金丹不坐禅"二句一连用了四个"不",写诗人在摒弃功名利禄之后的有所不为,一气贯注,语极痛快。"闲来就写青山卖"二句是言志,唐伯虎可以自居的头衔是文人是画家,以鬻文卖画、自食其力为荣。古人有笔耕、种学绩文之说。"闲来就写青山卖"是何等自豪。这是从事精神财富的创造者应有的豪言壮语,能"写青山"而"卖"之,自有可参造化之笔。此为实话,亦自负语。假清高的人往往以讨润笔为可羞,殊不知这是知识产权,天经地义。最后"不使人间造孽钱"一句厉害,一竹竿打翻一船人,包括一切巧取豪夺、贪污受贿、投机倒把、偷盗抢劫、诈骗赌博等而获得的非法收入,得之即"造孽",花之亦"造孽","不是不报,时候未到"而已。此句足使人警醒。

重赠吴国宾 ①

边贡

汉江明月照归人 ②,万里秋风一叶身 ③。
休把客衣轻浣濯 ④,此中犹有帝京尘 ⑤。

作　者

边贡（1476年—1532年），字廷实，历城（今山东济南）人。弘治九年（1496年）进士。与李梦阳等号称"弘治十才子"。官至南京户部尚书。被劾，罢归。与李梦阳等倡导文学复古运动，为"前七子"之一。有《华泉集》。

注　释

① 重（chóng）赠：再赠。吴国宾：湖北人，生平不详。
② 汉江：一称汉水，源出陕西西南，流经湖北，在武汉入长江。
③ 一叶身：比喻身世飘零，如秋风中的落叶。
④ 休把：莫把。客衣：漂泊在外穿的衣服。浣濯（huànzhuó）：洗涤。
⑤ 帝京：京城。

简　评

这是一首送友人由京师归湖北的诗。因先已有诗送别，此为再赠之作，故题为"重赠"。这首诗的妙处全在三、四句，读者不可轻易看过："休把客衣轻浣濯，此中犹有帝京尘。""帝京尘"语本陆机诗："京洛多风尘，素衣染为缁。"陆诗意谓京都车马辐辏，风尘涨起，不免弄脏客子的衣服。客子归家第一要事，就是浣洗客袍。出人意料的是，诗人却叮嘱他莫要轻易浣洗，不洗的原因是"此中犹有帝京尘"。"帝京尘"在诗中扮演着的角色，就是吴国宾在京城生活的见证，它可以勾起辛酸的记忆，也可以勾起愉快的记忆，至少可以作为彼此友情的一个见证吧。此诗的够味，全在于这一构思的别趣。

送余学官归罗江①

杨慎

豆子山②,打瓦鼓③。

阳坪关④,撒白雨⑤。

白雨下,娶龙女。

织得绢,二丈五。

一半属罗江,一半属玄武⑥。

我诵绵州歌⑦,思乡心独苦。

送君归,罗江浦。

作　者

杨慎(1488年—1559年),字用修,号升庵,新都(今属四川)人。正德年间状元,授翰林院修撰。世宗时,因大礼仪直言强谏,被谪戍云南永昌(今云南保山)。在边荒之地,无书不读。其记札之博,著述之丰,明代推为第一,多达一百余种。有《升庵集》《陶情乐府》等传于世。

注　释

①学官:古时主管学务的官员和官学教师。罗江:水名,在罗江县东。罗江县今属四川德阳。

②豆子山:即窦圌山,在今四川江油武都镇。

③打瓦鼓:形容雨打屋瓦的声音。

④阳坪关:地名,一作扬平山。

⑤白雨:形容雨大。

10 明清诗一百首

⑥玄武：县名，今四川中江。
⑦绵州歌：《绵州巴歌》，全文即以上十句，见《古诗源·晋诗》。绵州，今四川绵阳。

简　评

　　这首送别诗当作于云南贬所。余学官是罗江人，是诗人的同乡。余学官归罗江，勾起了诗人的乡愁，使诗人想起了与罗江有关的古代民谣《绵州巴歌》。这首民谣运用各种生动形象的比喻来形容一条瀑布，充满奇趣。先写瀑布来源于天降大雨。豆子山的大雨，雨声就像豆子落到屋瓦上一样清脆。瓢泼大雨很快来到阳坪关，这样的声势、这样的场面，使人想到了龙王正在嫁女。接着由龙女联想到织绢，而龙女织出的绢不是别的，便是这条瀑布（"二丈五"是其宽度）。最后交代瀑布的去向——一半流到罗江县，一半流到中江县。这首民谣使诗人的乡愁得到酣畅淋漓的宣泄。最后四句韵度与民谣一致，加得天衣无缝。这种整抬民歌的成功之作，在古代文人诗中不可无一，不可有二。

寄外①

黄峨

雁飞曾不到衡阳②，锦字何由寄永昌③？
三春花柳妾薄命④，六诏风烟君断肠⑤。
曰归曰归愁岁暮⑥，其雨其雨怨朝阳⑦。
相闻空有刀环约⑧，何日金鸡下夜郎⑨。

作　者

　　黄峨（1498年—1569年），字秀眉，遂宁（今属四川）人。

杨慎之妻。能诗词，长于散曲。有《杨夫人乐府》。

注　释

①外：外子，指诗人的丈夫杨慎。

②曾：竟。衡阳：地名，今属湖南。传说大雁南飞，到衡阳城南的衡山回雁峰而止。意思是无法请大雁捎信到杨慎贬所。

③锦字：指妻子致丈夫之书信，典出《晋书》窦滔妻苏氏织锦为回文旋图诗赠夫。永昌：杨慎谪戍于云南永昌卫。

④三春：春天的三个月。妾薄命：乐府古题名。

⑤六诏：唐初分布在今云南及四川西南的乌蛮六个部落（蒙雟诏、越析诏、浪穹诏、遵睒诏、施浪诏、蒙舍诏）之统称。诏，对少数民族部落首领的称呼。

⑥曰归：说要归来，《诗经·小雅·采薇》："曰归曰归，岁亦莫止。"意思是说要回来，到年底都不回来。

⑦其雨：下雨，《诗经·卫风·伯兮》："其雨其雨，杲杲出日。"意思是预报下雨，偏偏又出太阳。

⑧刀环：双关"叨还"，喻征人思归。

⑨金鸡：古代下诏书大赦，在竿上设鸡口衔红旗，以示吉辰。以鸡头饰以黄金，故称"金鸡"。夜郎：汉代西南地区地方政权，这里泛指西南边陲。

简　评

黄峨为杨慎继室。嘉靖五年（1526年）慎父杨廷和寝疾，慎自云南归新都，七月携家就戍所。八年（1529年）杨廷和死，二人同还乡，黄峨即留新都主持家务。这首诗是抒写对于丈夫的思念之情的。"雁飞曾不到衡阳"二句写两地书信往来的不便。诗人用雁飞不到衡阳和苏蕙织锦成回文的故事说明久未得到丈夫消息，因而无从给丈夫回信。"三春花柳妾薄命"二句感叹自身命运的悲惨。"曰归曰归愁岁暮"二句抒写自己不见丈夫归来的失意惆怅，皆檃栝《诗经》，意蕴深厚，自然协律，令人拍案叫绝。"相闻空有刀环约"二句写盼望丈夫早日获赦、归来团聚的愿望。全诗多融炼成句，袭故弥新，富于创造性，故成名篇，而久传不衰。

梅花

宁王翠妃

绣针刺破纸糊窗,引透寒梅一线香①。
蝼蚁也知春色好②,倒拖花片上东墙。

作　者

宁王翠妃,生卒年不详,南昌人,宁王朱宸濠妃。

注　释

① 一线香:细微的花香。
② 蝼蚁:本指蝼蛄和蚂蚁,这里偏指蚂蚁。

简　评

贪看蚂蚁搬家或运物,是童心未泯的表现。而把蚂蚁搬运花片,与自己惜春的心情相联系,便是一个美的发现。不仅三、四句可圈可点,一、二句也搭调——女主人公引进梅花的香气,只刺破那么一个小孔就够了,多了仿佛承受不了,又不影响纸窗御寒。三、四句寥寥数语就引读者进入了一个小人国——女主人公看蚂蚁拖花片上墙的情景,那么专心、那么入神,若替蚂蚁加油。"倒拖""上"等字极具张力。如果写成"正拖花片顺东墙",那就是懒字了。这首诗有童话的性质,在中国古代诗歌中难得一见。

颂任公诗①

归有光

轻装白袷日提兵②,万死宁能顾一生。
童子皆知任别驾③,巍然海上作金城④。

作　者

归有光(1506年—1571年),字熙甫,号震川、项脊生,昆山(今属江苏)人。早慧,九岁能属文。嘉靖四十四年(1565年)进士。官终南京太仆寺丞。能诗,尤长于古文,为明代散文大家。有《震川文集》。

注　释

①任公:任环,抗倭名将,多次率部击退倭寇的骚扰,保护了沿海人民的生命财产安全。
②白袷(jiá):白色夹衣。
③任别驾:指任环。别驾,汉置州刺史的佐官,代指任环做过的苏州同知。
④金城:犹言铜墙铁壁。

简　评

明代中叶,流亡在海上的日本海盗即倭寇经常侵略我国东南沿海一带地区。这首诗就是歌颂任环抗倭事迹的作品。东南沿海气候炎热,对付海上来的强盗,将士须轻装御敌。"轻装白袷日提兵"二句,为任环写照,足见其飒爽英姿。"日提兵"即每日带兵,不曾松懈。"九死一生"这个成语,常用来形容经历的危险极多,更何况"万死"?可见任环一向是英勇顽强、奋不顾身的。判断一方官吏或守将的政绩如何,最可靠的根据就是人民群众的口碑。任环做过苏州同知,同知是协助地方长官办事的,相当于古之"别驾",故诗以"任别驾"作尊称。"巍然海上作金城"是说有任环在,沿海人民像有了铜墙铁壁一样,感到安全。诗"颂任公",用人民群众的话来赞扬,有借花献佛之妙。

凯歌

沈明臣

衔枚夜度五千兵①,密领军符号令明②。
狭巷短兵相接处③,杀人如草不闻声。

作　者

沈明臣(1518年—1595年),字嘉则,号句章山人,鄞县(今浙江宁波)人。早岁为诸生,累赴乡试不中,遂弃举子业,游走四方。胡宗宪督师平倭,辟置幕府。后浪迹湖海,殁于里中。有《丰对楼诗选》四十三卷传世。

注　释

①枚:古代行军令士兵衔于口中,防止出声的用具,像筷子,两头有系带。
②军符:古代军中调兵遣将的凭证。
③短兵:这里指刀剑等短兵器。

简　评

沈明臣以秀才为抗倭名将胡宗宪掌书记,这首抗倭凯歌作于嘉靖三十五年(1556年)。时胡宗宪"宴将士烂柯山上,酒酣乐作,请为《铙歌》十章。援笔立就,酾酒高吟,至'狭巷短兵相接处,杀人如草不闻声',少保起持其须曰:'何物沈生,雄快乃尔?'命刻石置山上"(《列朝诗集》)。诗中写夜战、巷战,情、景、语极为独到,为汉唐边塞诗所无。前两句写纪律的严明和行动的隐密，是取得胜利的先决条件。三、四句直入战斗，是偷袭，不是明火执仗。"狭巷"二字极妙——狭路相逢勇者胜。"杀人如草不闻声"一句，出神入化地写出了官军的掌握主动，而敌方遭到歼灭、伤亡惨重的情况。这里的比喻之妙，就在于将"草菅人命"用于战争，贬词褒用，极见官军出手的神速和敌人的无还手之力。这"不闻声"的厮杀，比有声的厮杀更叫人心惊胆战。诗人不动声色，笔下却有声有色。

萧皋别业竹枝词[①]

沈明臣

青黄梅气暖凉天[②]，红白花开正种田。
燕子巢边泥带水，鹁鸠声里雨如烟[③]。

注　释

①萧皋别业：诗人友人李宾父的别墅名。竹枝词：唐代巴蜀一带以风土人情和男女爱情为内容的七绝体民歌。
②青黄梅气：梅子由青变黄的节气。暖凉天：乍暖还寒时候。
③鹁鸠（bójiū）：鸟名，俗称"水鹁鸪"，天将雨时其鸣甚急。烟：细雨迷蒙的样子。

简　评

这首诗写江南梅雨季节的农村景象。"青黄梅气暖凉天"两句描绘萧皋别业春二三月的乡村风光。这里不仅排开了四种色彩："青""黄""红""白"，冷色暖色交织，而且出现了三个结构相同的排比的片语——"青黄梅""红白花""暖凉天"；这两句中的名词性主词前，都有两个不同，甚至对立的形容词，恰到好处地写出了乍暖还寒的早春天气及相应的景物特征。"燕子巢边泥带水"

两句写春雨中禽类的活动。写燕子偏于动态。通常"拖泥带水"是个贬词,但用在做窠的燕子身上则欢快之甚。写鹁鸠偏于声音。在雨声中添了鹁鸠的叫声,使人如闻天籁。这两句以骈句对结,锦绣成文,也是春天给人的感觉。

龛山凯歌[①]

徐渭

短剑随枪暮合围[②],寒风吹血着人飞。
朝来道上看归骑,一片红冰冷铁衣[③]。

作　者

徐渭(1521年—1593年),初字文清,改字文长,号天池山人、青藤道士、田水月等,山阴(今浙江绍兴)人。科场失意,屡试不中。为浙闽总督胡宗宪幕僚,对抗击倭寇多有策划。胡得罪入狱后,徐渭一度精神失常,自杀而未果,终因误杀后妻而入狱。出狱后益发放浪形骸。晚年卖画鬻字为生,困顿潦倒以终。有杂剧《四声猿》及《徐文长集》等。

注　释

①龛山:在今浙江萧山东坎山,与海宁赭山对峙,旧有山寨。
②短剑随枪:指战士配有长短兵器。
③红冰:血凝结成的冰块。铁衣:铠甲。

简　评

这首诗作于明世宗嘉靖三十四年(1555年)冬。官军大破浙闽沿海入侵倭寇,诗人在浙闽总督胡宗宪幕府,作凯歌五首,此诗原列第二。首句写破贼将士乘夜包围入侵之敌。"暮合围"在战术上是很有利的,因为明军比倭贼更熟悉山势地形环境,偷袭可以成功。"短剑随枪"则是长短兵器互用,便于近战,白刃相搏。第二句即写激烈战斗,入题十分迅快。"寒风吹血"表明战事发生在冬夜,可见厮杀的激烈。后两句则推出特写镜头:天亮了,道路上奔驰着明军骑兵。诗人没有去刻画他们的面容和英姿,而以大特写的手法,展现将士的铠甲:"一片红冰冷铁衣。"这"一片红冰"与第二句呼应,令人进一步想象战士浴血战斗的情景,血衣暗示的是战斗的激烈;同时,它又表现出气候的严寒、战斗环境的艰苦,通过这样的描写,又突出了战士不畏艰险严寒的铁的意志。

风鸢图诗①

徐渭

柳条搓线絮搓棉②,搓够千寻放纸鸢③。
消得春风多少力④,带将儿辈上青天⑤。

注　释

① 风鸢(yuān):指风筝。鸢,老鹰,风筝常以老鹰为造型。
② 搓:做线或绳时两掌反复摩擦的动作。絮:柳絮。
③ 寻:长度单位,八尺为一寻,千寻是极言其长。纸鸢:即风鸢。
④ 消得:费得。
⑤ 带将:带领。

简　评

《风鸢图》是诗人效北宋画家郭恕先而作,画成每图配诗一首,共二十五首,这是其中的一首。诗人非常懂得创作并非实录。"柳条搓线絮搓棉"就不是实录——放风筝的线既不能用柳絮搓,也不能用柳条搓。这是诗人结合春风杨柳的景色而生出的浪漫想象。放风筝线要够长,但再长也不能长到"千寻",然而夸张才够味。"消得春风多少力"二句是全诗的关键句。如果把"儿辈"换成风筝,那就是写实,一点诗味也没有。诗人偏说"儿辈"(即放风筝的儿童),这就是出奇制胜。由于儿童的心完全放在风筝上,所以风筝上天,"儿辈"的心也上天了。这句诗中还包含一种殷切的期望和深情的祝福,祝儿辈好运,一辈子青云直上。

题葡萄图

徐渭

半生落魄已成翁,独立书斋啸晚风。
笔底明珠无处卖①,闲抛闲掷野藤中。

注　释

① 明珠:明指葡萄,暗喻才华。

简　评

这是一首题画之作,约作于万历元年(1573年),诗人年过半百时。所题之画是《墨葡萄图》。所谓"墨葡萄",就是水墨葡萄。以草书笔法作画,藤条纷披错落,向下低垂;以水墨写葡萄,葡萄珠的晶莹透彻之感,显得淋漓酣畅,是文人画中趋于放泼的一种典型。不拘形似,重在遣怀,有一种乱头粗服的美,较之元代文人画的逸笔草草,更具野拙的生命力。这首题画诗喻水墨葡萄,并入了诗人的身世感慨,表达了诗人怀才不遇的愤懑。"笔底明珠"指葡萄,自喻明珠暗投——明说葡萄画无人赏识,暗指个人怀才不遇。"闲"字的复叠,是对人才的投闲置散、百无聊赖的写照,一种怀才不遇的愤懑充溢字里行间,情调苍凉悲慨,所谓

"如寡妇之夜哭"（袁宏道《徐文长传》）者。

天河①

徐渭

天河下看匡瀑垂②，桑蛾蚕口一丝飞。
昨宵杀虱三十个，亦报将军破月支③。

注　释

①天河：银河。诗人自注："上二句以大视小，下二句以小视大。"
②匡瀑：庐山香炉峰瀑布。
③月支：一作月氏，古部族名，分布在今新疆、甘肃境内。

简　评

　　这是一首奇趣诗，可以溯源到南朝君臣创作的大言、小言，虽属文字游戏，亦可见构思手段。一、二句说，从银河下看庐山瀑布，细得就像蚕口吐出来的一条丝。三、四句说，昨夜消灭三十个虱子，好像前线传来捷报，取得了重大胜利一样。前半后半的对比十分强烈，产生令人惊异的阅读效果。其中包含着民间的智慧和趣味，可圈可点。

送妻弟魏生还里

王世贞

阿姊扶床泣①，诸甥绕膝啼②。

平安只两字，莫惜过江题③。

作　者

王世贞（1526年—1590年），字元美，号凤洲、弇州山人，太仓（今属江苏）人。嘉靖二十六年（1547年）进士，官至南京刑部尚书。"后七子"之一。主张文必秦汉、诗必盛唐，倡导模拟复古，晚年始有改变。其才学富赡，著述宏富。有《弇州山人四部稿》《弇山堂别集》等行于世。

注　释

① 阿姊：指诗人之妻魏氏。
② 甥：指诗人的儿女，即魏生的外甥。
③ 题：指简单写两个字。

简　评

这是一首送别诗，送别的人是自己的内弟。诗人的临别叮嘱是希望他不要忘记写信，而且告诉他并不要写多长，可以短到两个字，"平安"就好。一首小诗就写出了一种普遍的人情，比较类似唐代岑参的"马上相逢无纸笔，凭君传语报平安"，但情景各别。一、二句用极简的文字记录了家庭生活中极其普通的一个离别场面——姐姐扶着座椅垂泪，而外甥们则绕在他的膝前，哭的哭，嚷的嚷。可以看出，这魏生是个讨人喜欢的人，所以一家子都舍不得他走。全诗就这样朴素地写出姐弟、甥舅、郎舅之间的深厚感情，在历代送别诗中，也算得是不落窠臼、别致的作品。

马上作①

戚继光

南北驱驰报主情②，江花边月笑平生③。

一年三百六十日④，都是横戈马上行⑤。

作　者

戚继光（1528年—1587年），字元敬，号南塘，晚号孟诸，登州（今山东蓬莱）人。将门出身。初任登州卫指挥佥事，调浙江、福建、广东等地抗击倭寇，战功赫赫。后又镇守苏州十六年，寇不敢犯。谥号武毅。其诗苍劲豪壮，慷慨激昂。有《止止堂集》及军事著作《练兵实纪》《武备新书》。

注　释

① 马上作：即在马背上哼成的诗。
② 南北驱驰：诗人曾在东南沿海一带抗击倭寇，又曾镇守北方边关。主：指皇帝。
③ 江花边月：江边的花，边塞的月，指走马观花看过的景色。笑平生：笑平生来去匆匆。
④ 三百六十日：指一年到头。
⑤ 横戈：手里横握兵器。

简　评

这首诗真实地反映了诗人转战南北、保卫国防的飒爽英姿。诗中"笑"字有双重意义：一是自笑，二是被"江花边月"所笑，这里的花月便有象征意味。志士的行动往往并不为世俗所理解，如马援的从弟马少游就对马援的慷慨多大志表示不理解，认为人生只要吃饱穿暖、无灾无病就好。"一年三百六十日"初读似乎是一个凑句，其实有很大妙用。它出现在"都是横戈马上行"的点睛之笔的前面，起到了必要的渲染作用。一日横戈马上英勇奋战并不难，难的是三百六十五天如一日。一个身不离鞍马的保家卫国的英雄形象便跃然纸上。

听朱生说水浒传 ①

袁宏道

少年工谐谑,颇溺滑稽传 ②。
后来读水浒,文字亦奇变。
六经非至文 ③,马迁失组练 ④。
一雨快西风 ⑤,听君酣舌战 ⑥。

作　者

袁宏道(1568年—1610年),字中郎,号石公,湖广公安(今属湖北)人。万历二十年(1592年)进士,官至吏部考功司员外郎。与其兄宗道、弟中道并称为"三袁"。同为"公安派"创始人。反对前后七子模拟、复古的主张,强调不拘格套,抒写性灵。有《袁中郎集》。

注　释

① 朱生:朱姓说书人。
② 滑稽传:指《史记·滑稽列传》,关于古代优伶(演艺人员)的类传。
③ 六经:本指《诗》《书》《礼》《易》《乐》《春秋》,此泛指儒家经典。
④ 马迁:司马迁。组练:精锐部队,喻精彩文章。
⑤ 一雨快西风:指说书人呼风唤雨。
⑥ 舌战:指能言善辩。

简　评

明代万历年间,由于商业经济的繁荣,市民阶层的兴起,小说、戏曲等原来不登大雅之堂的通俗文学,得到蓬勃发展。一些思想比较开放的文人,开始对它们刮目相看,传统的诗文受到挑战,正统的文学观念发生了动摇,"公安派"领袖袁宏道的这首诗就大胆地发表了他的见解。"少年工谐谑"二句说自己少年时特别喜欢《史记》中的《滑稽列传》，为写朱生伏笔。"后来读水浒"二句，是说后来又爱上《水浒传》，文笔上有奇妙的长进。"六经非至文"二句，把小说《水浒传》抬举到经史典籍之上，简直是离经叛道的语言。但把这种议论与李贽、金圣叹等人的文学批评联系起来，就可以看到它反映了一个新的文学思潮。"一雨快西风"二句写听评书的快感，同时写活了一个说书人和一个书迷，令人称绝。

过古墓

孙友篯

野水空山拜墓堂，松风湿翠洒衣裳①。
行人欲问前朝事，翁仲无言对夕阳②。

作　者

孙友篯，生卒年不详，字伯谐，歙县（今属安徽）人。

注　释

①湿翠：指露水。
②翁仲：传秦始皇初兼天下，有长人见于临洮，其长五尺，足迹六尺，仿其形，铸金人，称为"翁仲"。后称铜像或石像为"翁仲"。这里指古墓前的石人。

简　评

这是一首凭吊无名古墓的诗作，写面对古墓而发的思古之幽情，或表现以慧心观照而得的空寂之感。其诗味主要来自最后一句"翁仲无言对夕阳"。翁仲本为秦时巨人名（《淮南子·氾论训》高诱注），后来借称墓前石人。翁仲本不能言，行人偏要问，这是一层。人人都知道"翁仲无言"，因此没有人说"翁仲无言"。写出"翁仲无言",就是觉得它能言,只是不说,这又平添了一层悲剧的气氛。宋代王禹偁《村行》有"数峰无语立斜阳",然而,"数峰无语"就没有"翁仲无言"那样令人神远。因为翁仲外形是人,却有石头的心。它的"无言",在表达寂寥之感上,就更加深刻。

书项王庙壁①

王象春

三章既沛秦川雨②,入关又纵阿房炬,汉王真龙项王虎。玉玦三提王不语③,鼎上杯羹弃翁姥④,项王真龙汉王鼠。垓下美人泣楚歌⑤,定陶美人泣楚舞⑥,真龙亦鼠虎亦鼠。

作　者

王象春(1578年—1632年),字季木,号虞求,新城(今山东桓台)人。王士禛从祖。万历三十八年(1610年)进士。历官顺天乡试同考官、上林苑典簿、南京大理寺评事、南京吏部考功郎中等。有《问山亭诗》十卷,《问山亭主人遗诗》正集一卷、续集一卷、补集二卷。

注　释

①项王庙:项羽庙,在今江苏宿迁。一说在今安徽和县东南之凤凰山上。
②三章:约法三章,《史记·高祖本纪》载刘邦"与父老约,法三章耳:杀人者死,伤人及盗抵罪"。沛:水势湍急的样子。又刘邦称"沛公"。秦川:今陕西、甘肃秦岭以北的平原地带。
③玉玦三提王不语:《史记·项羽本纪》载,鸿门宴上范增曾三提玉玦,暗示动手杀掉刘邦以绝后患,而项羽未接受。

④鼎上杯羹弃翁姥：楚汉相争时，项羽阵前以烹太公（刘邦父）威胁刘邦，刘邦以彼此曾约为兄弟，道："吾翁即若翁，必欲烹而翁，则幸分我一杯羹。"

④垓下美人泣楚歌：指霸王别姬。美人，指虞姬。

⑥定陶美人：指刘邦宠姬戚夫人，山东定陶人。

简　评

这是一篇咏史怀古之作。诗中发表了诗人对项羽、刘邦这两个历史上的风云人物的评价。诗人既不以成败论英雄，也不以固定的眼光论英雄。他是具体问题具体分析，认为英雄在一定条件下也可以变成"狗熊"，这种见解是高明的。第一段三句写项羽、刘邦相约入关之初，彼此都称得上是英雄。第二段三句写楚汉相争中，项羽的某些表现较刘邦为优：一是鸿门宴上，谋臣范增欲除刘邦，而项羽不忍心加害刘邦，诗人对此表示欣赏；一是楚汉交兵中，项羽有一次威胁说要烹刘父，刘邦的表现完全是一副无赖的样子，诗人对此表示轻蔑。第三段三句写项羽、刘邦在保护心爱的宠姬这一点上，皆不尽如人意。诗人兴到笔随，议论酣畅淋漓。诗中句句用韵，音调流转如玉珠走盘，"龙""虎""鼠"三字反复拨弄，变化莫测，读后令人深长思之。

金陵后观棋①

钱谦益

寂寞枯枰响泬寥②，秦淮秋老咽寒潮。
白头灯影凉宵里，一局残棋见六朝。

作　者

钱谦益（1582年—1664年），字受之，号牧斋，晚号蒙叟，常熟（今属江苏）人。明万历三十八年（1610年）进士。历官翰林院编修、礼部侍郎。因事免职，归家以读书为乐。南明福王时召为礼部尚书。清兵南下，降清。出为礼部侍郎监管秘书院事，充《明史》副总裁。有《初学集》《有学集》《投笔集》等。另编有《列朝诗集》。

注　释

①金陵：今江苏南京，为六朝古都，也是南明弘光朝的都城。诗人已先作《观棋绝句六首为汪幼青作》，后来又写六首，题为《金陵后观棋》。

②枰（píng）：棋盘。泬寥（xuèliáo）：清朗空旷的样子。

简　评

这首诗写于清顺治四年（1647年）。"寂寞枯枰响泬寥"句正面写观棋，着重从听觉感受来渲染一种空寂的弈棋气氛。"秦淮秋老咽寒潮"句点明时地。秦淮河沿岸是六朝金粉繁华之地。繁华已不再现，拍打城郭的江潮也带着一阵阵寒意，像在悲咽一样。"白头灯影凉宵里"句从远处的大背景拉回到下棋的室内：一是下棋之人，已是白发萧骚，心境颓唐；二是黯淡的残灯；三是时间"凉宵里"。"一局残棋见六朝"句画龙点睛，残局指棋局的最后阶段，此时大势已定，无法挽回。此诗更值得寻味之处，是在凭吊"残棋"中所流露出来的历史空幻感。金陵经历了多次改朝换代，六朝覆亡的局面不断重复，整个封建社会也变得越来越不可收拾，成为"一局残棋"。

燕子矶口占①

史可法

来家不面母②，咫尺犹千里③。

矶头洒清泪，滴滴沉江底。

作　　者

史可法（1602年—1645年），字宪之，号道邻，祥符（今河南开封）人。崇祯元年（1628年）进士，除西安推官。清兵入关时，任南京兵部尚书，弘光帝即位，加礼部尚书兼东阁大学士，督师扬州。清军南下，力守扬州，城破后自杀未死，为清军所执，壮烈牺牲。

注　　释

①燕子矶：位于江苏南京市北郊观音门外长江边观音山上，山石直立江上，三面临空，形似飞燕。口占：不打草稿，即兴作诗。

②面母：面见母亲。

③咫（zhǐ）尺：指距离很近。周代以八寸为咫，合现在市尺六寸二分二厘。

简　　评

崇祯自缢身死后，弘光帝即位，史可法以大学士督师扬州。这时清军南侵，史可法在江北率师抵御，适逢驻扎在长江中游的明将左良玉以清君侧为由，进攻南京。史可法奉命入援，渡江至燕子矶，而良玉军已败退，于是他又率军回江北抗清，而没能回南京见上母亲一面。"来家不面母"二句表情复杂，既可看出诗人对母亲深厚的感情、对自己不能尽人子之道的负疚，又可以感到他以国事为重的责任感及"忠孝不能两全"的痛苦心情。"矶头洒清泪"二句直接就"来家不面母"一事而发，实含对整个国家大局的悲愤。最后一句"滴滴沉江底"写泪洒清江，不失为千古至文。泪水何以能沉到江底？除非是铜人铅泪。"滴滴""沉""底"四个舌齿音、三个双声字，音情顿挫，令人击节。

相见坡[1]

施武

上坡面在山,下坡山在面[2]。
相见令人愁,何如不相见。

作　者
施武,生卒年不详,字鲁孙,苏州人。

注　释
[1] 相见坡:坡名,未详何处。
[2] 面在山、山在面:极言山路之陡。

简　评
这是一首记旅途行役之作。"相见坡"的命名包含着民间的幽默。因为坡度很陡,所以行人上坡时,脸都快贴在石壁上了;而下坡只能抓住石壁上的藤蔓或扶手,面朝坡倒着往下退。"上坡面在山"二句照实直书。除"上""下"易字,两句用字全同;不过颠倒"面""山"二字押韵,也有拨弄字面生情的游戏成分在内。"相见令人愁"二句,好像在说人世间的"冤家",偏要聚头,而聚头后又搞不到一块,只好不欢而散。诗在写尽险恶境地的同时,还给人以幽默风趣,表现出一种乐观、豁达的人生态度。

留别

郑之升

怅望溪亭夕照明，绿杨如画罨春城①。
无人为唱阳关曲②，唯有青山送我行。

作　　者

郑之升，朝鲜族人，生卒年不详，诗见《朝鲜采风录》。

注　　释

① 罨（yǎn）：覆盖。
② 阳关曲：即《渭城曲》，王维《送元二使安西》的别名。

简　　评

诗题是"留别"，似乎还应有送别的一方才对，但诗中写的离别却没有送行的人。这和历来的送别、留别之作不同。首句抒情主人公亮相。这里的"溪亭"指送别场所的长亭。"怅望"表明他在盼望着什么人，或许根本就没有这样的人，而只是迷惘中无意识地自作多情罢了。"绿杨如画罨春城"使人想起"客舍青青柳色新"（王维）。大约是雨过天晴吧，不然绿杨为什么特别鲜明呢？春天雨霁的傍晚，景物是这样可爱，勾留得行者都不想动身了。但毕竟已是出发的时候，有人送行的，自然是"执手相看泪眼，竟无语凝噎"（柳永）；主人公却无人送行，转觉无聊，于是自我解嘲"无人为唱阳关曲，唯有青山送我行"。原来匆匆行路的人，由于远近景物在视角中相对位置移动变化，便会产生远山追随自己前进的错觉。在诗人多情的目光下，便成了"唯有青山送我行"了。同时，写无情作有情，便觉情致缠绵动人。青山如洗，垂杨如画，即使没有人送行，行者自能从大自然美景中得到安慰、得到一种精神的补偿。

挂枝儿①·缘法

有缘法那在容和貌，有缘法那在先后相交，有缘法那在钱和钞②。有缘千里会，无缘对面遥。用尽心机也，也要缘法来凑巧。

注　释

①挂枝儿：一作《倒挂枝儿》或《挂枝词》，明代民间曲调名，为北方曲调《打枣竿》流行至南方的改称。盛行于明天启、崇祯年间。一般七句四十一字，可加衬字，平仄韵通押。内容多写恋情。缘法：即缘分。

②钱和钞：泛指钱财。

简　评

婚恋是一种缘分，缘分是说不清道不明的。"有缘法那在容和貌"，有道是"情人眼里出西施"。"有缘法那在先后相交"，年龄差距不是问题，在什么时候遇着也不是问题。"有缘法那在钱和钞"，这话须有一个底线，就是不差钱，却并非钱越多越好。"有缘千里会"四句不需要解释，"着意栽花花不发，等闲插柳柳成荫"的事，无时无之。这首民歌把缘分这件事，道得题无剩义，读者可发会心一笑。

夹竹桃①·男儿到此

青山绿水古今同,男女相思一样浓。玉环断魂②,皇家也空;绿珠花坠③,豪家也空。只有范蠡扁舟载了西施去④,男儿到此是豪雄。

注　释

①夹竹桃:明代的一种拟山歌,作者一般为文人。其特点是最后一句化用唐宋人现成诗句,师其词不师其意。
②玉环:杨玉环,唐玄宗贵妃,安史之乱时,在马嵬驿兵变中被逼自缢。
③绿珠:晋石崇妾,为孙秀所逼,跳楼殉情。
④范蠡:春秋时越国大臣,相传他在助勾践灭吴后,即携西施远游经商。

简　评

这首夹竹桃,开头两句就可圈可点。从来诗词写相思,都偏重于孤独女子的心境。虽然也有写男思女的,但"男女相思一样浓"这个话,从来没有人说过,一经说出,石破天惊。以下着重写历史上三个男子:一个是石崇,没有保护好恋人;一个是唐玄宗,也没有保护好恋人;"只有范蠡扁舟载了西施去",与前面两个形成对比。最后一句本是宋代理学家程颢《秋日》的现成诗句,原文为"富贵不淫贫贱乐,男儿到此是豪雄"。诗人信手拈来,去掉了前一句,也就去掉了原文的"头巾气",变成了对恋爱中男儿的担当的赞美,令人忍俊不禁,堪称能改。

圆圆曲①

吴伟业

鼎湖当日弃人间②,破敌收京下玉关③。
恸哭六军俱缟素④,冲冠一怒为红颜⑤。
红颜流落非吾恋,逆贼天亡自荒宴⑥。
电扫黄巾定黑山⑦,哭罢君亲再相见⑧。
相见初经田窦家⑨,侯门歌舞出如花⑩。
许将戚里箜篌伎⑪,等取将军油壁车⑫。
家本姑苏浣花里⑬,圆圆小字娇罗绮⑭。
梦向夫差苑里游⑮,宫娥拥入君王起。
前身合是采莲人⑯,门前一片横塘水⑰。
横塘双桨去如飞,何处豪家强载归⑱?
此际岂知非薄命,此时只有泪沾衣。
熏天意气连宫掖,明眸皓齿无人惜⑲。
夺归永巷闭良家,教就新声倾坐客⑳。
坐客飞觞红日暮㉑,一曲哀弦向谁诉?
白皙通侯最少年㉒,拣取花枝屡回顾。
早携娇鸟出樊笼,待得银河几时渡㉓?
恨杀军书抵死催,苦留后约将人误㉔。
相约恩深相见难,一朝蚁贼满长安㉕。
可怜思妇楼头柳,认作天边粉絮看㉖。

遍索绿珠围内第[27]，强呼绛树出雕栏[28]。
若非壮士全师胜[29]，争得蛾眉匹马还[30]。
蛾眉马上传呼进，云鬟不整惊魂定[31]。
蜡炬迎来在战场，啼妆满面残红印。
专征箫鼓向秦川[32]，金牛道上车千乘[33]。
斜谷云深起画楼[34]，散关月落开妆镜[35]。
传来消息满江乡，乌桕红经十度霜[36]。
教曲伎师怜尚在，浣纱女伴忆同行[37]。
旧巢共是衔泥燕，飞上枝头变凤凰。
长向尊前悲老大[38]，有人夫婿擅侯王[39]。
当时只受声名累，贵戚名豪尽延致[40]。
一斛珠连万斛愁[41]，关山漂泊腰支细[42]。
错怨狂风扬落花，无边春色来天地。
尝闻倾国与倾城[43]，翻使周郎受重名[44]。
妻子岂应关大计，英雄无奈是多情。
全家白骨成灰土，一代红妆照汗青[45]。
君不见馆娃初起鸳鸯宿[46]，越女如花看不足[47]。
香径尘生鸟自啼[48]，屟廊人去苔空绿[49]。
换羽移宫万里愁[50]，珠歌翠舞古梁州[51]。
为君别唱吴宫曲，汉水东南日夜流[52]。

作　　者

吴伟业（1609年—1672年），字骏公，号梅村，太仓（今属江苏）人。崇祯四年（1631年）进士，官翰林院编修、左庶子。南明时，任少詹事，乞归。入清后，官秘书院侍讲、国子祭酒。

因母丧乞归，居家十余年。早年才情艳发，诗风清丽。晚年历经丧乱，诗风一变为凄楚苍凉。有《梅村集》等。

注　释

①圆圆：陈圆圆（1623年—1695年），本姓邢，名沅，字圆圆，常州武进（今属江苏）人。幼从养母陈氏改姓，居苏州桃花坞，隶籍梨园，为吴中名伶。崇祯末年被田畹所掳，转送吴三桂为妾。李自成攻破北京后，其部将刘宗敏掳圆圆。吴三桂遂引清军入关，始得重聚。

②鼎湖：《史记·封禅书》载，黄帝铸鼎于荆山下，鼎成，自湖乘龙而去。后世常用来比喻帝王去世。此指崇祯帝自缢于煤山（今北京景山）。

③敌：指李自成部。玉关：玉门关，借指山海关。

④恸（tòng）哭：放声痛哭。缟（gǎo）素：白衣服，指丧服。

⑤冲冠一怒：即怒发冲冠。红颜：美女，指圆圆。

⑥天亡：天意使之灭亡。荒宴：沉溺于宴饮。

⑦黄巾、黑山：皆汉末农民起义军，借指李自成。

⑧君：指崇祯帝。亲：指吴三桂父吴襄。按吴三桂降清后，李自成杀了吴父一家。

⑨田窦：西汉时外戚田蚡、窦婴，借指崇祯宠幸的田贵妃之父田弘遇。

⑩侯门：指田家。

⑪戚里：外戚住所，指田家。箜篌（kōnghóu）伎：艺伎，指圆圆。

⑫将军：指吴三桂。油壁车：指妇女乘坐的以油漆饰车壁的车子。

⑬姑苏：即苏州。浣（huàn）花里：唐代名妓薛涛成都的住地，借指圆圆苏州的住处。

⑭娇罗绮：比罗绮更娇艳美丽。

⑮夫差（chāi）：春秋时吴国君王。

⑯采莲人：指西施。

⑰横塘：在苏州西南。

⑱横塘双桨去如飞，何处豪家强载归：写圆圆被豪家抢去。豪家，指田家（《鹿樵纪闻》），一说嘉定伯周奎家（《觚賸》）。

⑲熏天：形容权势大。宫掖（yè）：后宫。明眸皓齿：代美女，指圆圆。这两句说田贵妃受到崇祯皇帝的宠爱，田家势焰熏天。而圆圆进宫，未得到宠爱。

⑳永巷：深巷，指宫女居住的地方。良家：指田家。倾：使之倾倒。这两句说圆圆因而出宫成为田家的歌伎。

㉑飞觞（shāng）：传杯。

㉒白皙通侯：面色白净的通侯，指吴三桂。

㉓银河几时渡：借用牛郎织女七夕相会的传说，比喻男女遇合。

㉔抵死：拼命。这两句说吴三桂因战事而贻误与圆圆之约会。

㉕蚁贼：对起义军的蔑称。长安：借指北京。

㉖可怜思妇楼头柳，认作天边粉絮看：意谓陈圆圆名花有主，却仍被当作妓女对待。天边粉絮，指未从良的妓女。

㉗遍索：到处搜寻。绿珠：晋石崇宠姬，借指圆圆。内第：内宅。

㉘绛（jiàng）树：汉末舞伎，借指圆圆。

㉙壮士：指吴三桂。

㉚争得：怎得。蛾眉：喻美女，指圆圆。

㉛云鬟（huán）：高耸的环形发髻。

㉜专征：受命自主征伐。

㉝金牛道：蜀道上的古栈道。千乘（shèng）：指车辆之多。

㉞斜谷：即褒斜谷，在陕西西安南终南山。画楼：雕饰华丽的楼房。

㉟散关：即大散关，在陕西宝鸡西南。

㊱乌桕（jiù）：树名。

㊲教曲伎师、浣纱女伴：指圆圆早年做伎女时的教师和同伴。浣纱，用西施故事。

㊳尊前：指酒宴上。悲老大：感伤老了。

㊴有人：指圆圆。

㊵延致：邀请。

㊶一斛（hú）珠：指不菲的打赏，古代十斗为一斛，后改为五斗。

㊷细：指瘦损。

㊸倾国、倾城：形容极其美貌的女子，语出汉代李延年《歌》："一顾倾人城，再顾倾人国。"

㊹周郎：三国周瑜，借指吴三桂。

㊺一代红妆：指圆圆。照汗青：名留史册。

㊻馆娃：馆娃宫，在苏州附近的灵岩山，夫差为西施而筑。

㊼越女：指西施。

㊽香径：采香径，在灵岩山前。

㊾屧（xiè）廊：响屧廊，馆娃宫中因西施木屐走过而命名的走廊。

㊿羽、宫：均属五音，借指音乐。这里用音调变化比喻人事变迁。

(51)珠歌翠舞：歌舞之美称。古梁州：指汉中府，吴三桂曾在此建藩王府第。

(52)别唱：另唱。吴宫曲：指《圆圆曲》。汉水：发源于汉中，流入长江。这两句用李白"功名富贵若长在，汉水亦应西北流"（《江上吟》），暗示吴三桂覆灭的命运。

简评

这是一首长篇叙事诗,叙写明末清初名妓陈圆圆与吴三桂聚散离合的故事。诗中巧妙地将吴、陈故事,与吴王夫差、西施类比,赋予作品以历史深度。诗人对女主人公的身世沉浮寄寓深切同情,同时对吴三桂的变节行为也有所谲讽。全诗章法奇幻。诗从吴三桂引清军入关与圆圆重逢切入,再追忆到吴、陈初逢为第一段,采用倒叙手法,写到吴、陈初次见面。从"家本姑苏浣花里"到"散关月落开妆镜",则言归正传,以陈圆圆为本位,干脆从头说起,将圆圆一生的波澜起伏来一个铺陈终始。写法上则援用西施故事陪衬渲染,精雕细刻,反反复复,淋漓尽致。这才是全诗叙事的中心段落。从"传来消息满江乡"到"无边春色来天地"是紧接上文作咏叹。诗人撇下了叙事,而凿空设想苏州故里的乡亲女伴听到圆圆飞黄腾达的消息所引起的轰动以及对人生无常的感慨。诗人始终没有做理性的说明和逻辑的判断,而是以形象作纯情的歌吟,备极吞吐抑扬之致。在节奏音律上,显然继承了"四杰体",此体具有一气贯注而又回环往复的韵度,其特征是:基本上四句一韵,平仄韵交替;多用律句对仗,大开声色,在烘托气氛、细腻刻画人物外貌与心理、借历史人物以比衬上,均得力于《长恨歌》;其善写女性之情,千娇百媚、妖艳动人处,则又采自"香奁体"。亦可谓以易传之事,为绝妙之词矣。

梅村①

吴伟业

枳篱茅舍掩苍苔②,乞竹分花手自栽。
不好诣人贪客过③,惯迟作答爱书来。

闲窗听雨摊诗卷，独树看云上啸台④。
桑落酒香卢橘美⑤，钓船斜系草堂开。

注　释

①梅村：张大纯《姑苏采风类记》："梅村在太仓卫东，本王铨部士骐旧业，名贲园。吴祭酒伟业斥而新之，改今名。有乐志堂、梅花庵、娇雪楼、鹿樵溪舍，桤亭、苍溪亭诸胜。"
②枳（zhǐ）：多刺灌木，可编篱笆。果实黄绿色，味酸不可食。
③诣人：拜访别人。贪客过：喜欢客人来访。
④啸台：晋阮籍常登台长啸，今开封尉氏有阮籍啸台，此处用作登台典故。
⑤桑落：酒名。卢橘：枇杷。

简　评

这首诗作于崇祯甲申年（1644年）正月，诗人居梅村时。时当明亡前夕，诗人因父死居太仓守制。诗写家居生活的情趣。"枳篱茅舍掩苍苔"二句，写初置庄园的情景。枳篱、茅屋、苍苔见其地的幽清。购置之后，当有一番修葺。"不好诣人贪客过"二句，十分真实地写出了一种人生况味，一种随缘自适、隐不绝俗的快乐。"不好"与"贪"、"惯迟"与"爱"，矛盾对立中有依存，是一种典型的"自我中心"的生活方式。在世间持这种态度的人历来就有，然而能道出个中情趣的只有这两句诗，故可圈可点。"闲窗听雨摊诗卷"二句，写自得其乐，诗人登高舒啸、临风赋诗的悠闲形象呼之欲出。"桑落酒香卢橘美"二句，写梅村之美食，对此可以终老矣。"草堂开"三字最后点题，表明这是新居落成时的题咏。不管是"草堂"字面，还是这首律诗的风格，都令人联想到杜甫漂泊西南，定居成都那一段所写的七律。

戏题仕女图 ①

吴伟业

霸越亡吴计已行②,论功何物赏倾城③。
西施亦有弓藏惧④,不独鸱夷变姓名⑤。

注　释

①仕女图:以古代美女或上层妇女生活为题材的人物画。原题组诗十二首,这一首是咏西施的。
②霸越亡吴:春秋时期越国被吴国打败后,越王勾践使大夫范蠡献西施给吴王夫差,使其沉湎酒色,不理朝政,数年后勾践一举灭吴,事见《吴越春秋》。
③倾城:绝色美女,指西施。
④弓藏:喻功成被弃。《史记·越王勾践世家》:"飞鸟尽,良弓藏。"
⑤鸱(chī)夷:指范蠡。《史记·货殖列传》:"范蠡既雪会稽之耻,……乃乘扁舟浮于江湖,变名易姓,适齐为鸱夷子皮。"

简　评

这是一首题画诗,含有史论的性质。诗中说到两个人,一个是女主人公西施,一个是男主人公范蠡。相传范蠡在帮助勾践完成霸越亡吴的事业后,急流勇退,偕西施泛五湖而去,并致书越国大夫文种,以鸟尽弓藏之喻,劝其及早离开越国。文种没有照范蠡的话去做,果然遭遇不测。这首诗强调的是功不可恃。历史上因功高震主而遭杀戮的功臣何代无之。这首诗的独到之处,是以"亦有""不独"做勾勒,在明哲保身的典型人物中,添加了一个仕女,使一个老生常谈的道理,变得令人耳目一新,是诗人深谙"厚"字诀的表现。

独往

方以智

同伴都分手①,麻鞋独入林②。
一年三变姓③,十字九椎心④。
听惯干戈信⑤,愁因风雨深⑥。
死生容易事⑦,所痛为知音。

作　者

方以智(1611年—1671年),字密之,桐城(今属安徽)人。崇祯进士,授翰林院检讨。早年与侯方域等主盟"复社",明亡后削发为僧。他对天文、地理、生物、医药等颇精通,又工诗画。有《通雅》《物理小识》《博依集》《药地炮庄》等。

注　释

①同伴:指侯方域、陈贞慧、冒襄等,与诗人共为明季著名"四公子"。
②麻鞋:草鞋。入林:指隐居。孙静庵《明遗民录》载,诗人被清将马蛟麟所逮劝降,"'易服则生,否则死。'袍服在左,白刃在右,乃辞左而受右。帅起谢之,为之解缚,听其以僧终"。
③三变姓:多次改名换姓,以避免清兵追捕。
④十字九椎心:指所为五言诗,每联十字都有椎心之痛。
⑤干戈:代指战争。
⑥风雨:指国家处于风雨飘摇之中。
⑦死生:偏义于死。

简　评

这首诗于康熙年间作于岭南,记明亡后的遭际和对友人的怀念,情深意切,感人肺腑。"同伴都分手"二句扣题,以"都""独"做勾勒,写"复社"同志星散,而自己隐居的现实处境。"一年三变姓"二句,回忆入清后的艰苦历程——一年中多次改换姓名以逃避追捕,赋诗排遣内心苦闷,可谓字字沉痛。"听惯干戈信"二句,写听惯了战争的消息,包括郑成功、张煌言溯江而上失利,吴三桂率清兵取云贵绞死永历帝,荆襄十三家军崩溃,厦门失守,等等,没有一个好消息。"死生容易事"二句回应开篇,谓生不可恋,唯一留恋的只是挚友。全诗弃绝藻绘,纯出白描,亦可谓"十字九椎心"矣。

靖公弟至[①]

周亮工

荒城独坐对灯残,归计先愁百八滩[②]。
尔又远来我未去,高堂清泪几时干[③]。

作　者

周亮工(1612年—1672年),字元亮,一字缄斋,号栎园,祥符(今河南开封)人。崇祯十三年(1640年)进士,官潍县知县,迁浙江道监察御史。降清后累官至户部右侍郎。康熙初,被劾论绞,遇赦得释。工诗文,好士怜才,一时遗老多从之游。有《赖古堂集》。

注　释

①靖公:诗人胞弟。
②百八滩:极言回乡一路险滩之多。
③高堂:指父母。

简　评

这是周亮工写的一首"游子吟"。诗人当时寓居在离家乡很远的僻静的小城,正准备要动身回家。"荒城独坐对灯残"二句写独对残灯，四野沉寂。"先愁"二字表明，还没上路，已经在为路发愁。"百八滩"极言险阻之多，暗示出在外谋生之不易。其弟靖公远道而来，可以说来得很不是时候，诗人隐隐不快的心意流露于字里行间。"尔又远来我未去"直陈事实，潜伏着一种埋怨的口气。古人云："父母在，不远游。"自己远游，是因为有弟弟在父母身边。而在"我未去"时"尔又远来"，等于说父母身边没人。"高堂清泪几时干"，最素朴的语言，表达的却是一种至为深切的赤子之心、天伦之爱。故沈德潜赞曰："此诗之真者。"

舟中见猎犬有感

宋琬

秋水芦花一片明，难同鹰隼共功名①。
樯边饭饱垂头睡②，也似英雄髀肉生③。

作　者

宋琬（1614年—1674年），字玉叔，号荔裳，莱阳（今属山东）人。清顺治四年（1647年）进士。曾任浙江按察使。后因于七起义事，被人诬告下狱。释放后在家闲居近十年。后出任四川按察使。一生多遭困顿，故其诗多愁苦之音。有《安雅堂集》。

注　释

①隼（sǔn）：鹰类，翼长，嘴短而宽，上嘴弯曲并有齿状凸起。猎者多蓄之，以逐禽兔。
②樯：桅杆。
③英雄：指刘备。髀（bì）肉生：《三国志·蜀书·先主传》注引《九州春秋》刘备语："吾常身不离鞍，髀肉皆消。今不复骑，髀里肉生。日月若驰，老

将至矣,而功业不建,是以悲耳。"后人用"髀肉复生"为自叹久处安逸、壮志消磨之语。髀,大腿。

简　评

　　舟中养猎犬,实在是件多此一举的事。船家天然是鱼鹰、水貂栖身之处,哪有猎犬的用武之地呢?那猎犬吃饱了,煞是无聊,只好在船樯边垂头大睡。诗人看到这情景,实在好笑,继而又触动了联想,写下了这首偶成漫兴而寄托不浅之作。"秋水芦花一片明",好一派江景。见猎犬而联想到"功名",这就巧妙地将人事联系起来了。"樯边饭饱垂头睡"进一步拟人,将舟中猎犬比作失路英雄,自是巧思。然而就诗人的寄意而言,这又是将生不逢时的人才比作舟中猎犬,其现实意义又远在一般游戏笔墨之上。刘邦曾当着武臣的面,称其为"功狗",盖猎犬与骏马皆以忠贞不贰和奋不顾身而成为人的伙伴。诗人见舟中猎犬,才会生发对怀才不遇者的联想。

自举师不克与二三同志怏怏不平赋此①

张家玉

落落南冠且笑歌②,肯将壮志竟蹉跎③。
丈夫不作寻常死,纵死常山舌不磨④。

作　者

　　张家玉(1615年—1647年),字玄子,号芷园,东莞(今属广东)人。崇祯十六年(1643年)进士,选翰林院庶吉士。明亡后,先后在江西、广东等地率兵抗清,后兵败自杀。

注　释

①举师不克：出师不利。1647年，清兵由广东向广西推进，桂林告急。张家玉在东莞起兵，与陈邦彦等配合，牵制了清兵西进，并收复了龙门、博罗等地。后来在率兵进攻增城时战败自杀。诗当作于此前。

②落落：形容孤独。南冠：泛指被囚禁者。《左传·成公九年》载，晋侯在狱中见钟仪，问："南冠而絷者，谁也？"有司回答："郑人所献楚囚也。"钟仪为南方楚人，所以着楚国样式的帽子，故称"南冠"。

③蹉跎：虚度光阴。

④常山舌：《新唐书·颜杲卿传》载，安禄山叛乱时，常山太守颜杲卿被俘，当面大骂安禄山，被钩断舌头而死。

简　评

诗人是明末抗清志士。明亡后，他先后在江西、广东等地率兵抗清。在明亡已成定局的情况下，想要补天填海，是知其不可而为之，是拼命硬干。此诗就充分反映了他强烈的民族意识和死国的决心。"落落南冠且笑歌"便是说，即使将来抗清斗争失败而被俘，自己也一定不会垂头丧气，当谈笑自若。"举师不克"这种小小挫折，又算得什么呢？第二句意思是说：怎么能将壮志雄心就此消泯呢？"丈夫不作寻常死"二句，通过对唐代忠臣颜杲卿的赞美，进一步表现宁死不屈的坚强斗争意志。这两句诗以宣誓的语言，斩钉截铁道：大丈夫男儿汉，死就要死得像颜杲卿那样壮烈，那样流芳百世。这首诗所表现出的大无畏英雄气概，超越其时代和阶级的内容，对后人有鼓舞士气、激励斗志的作用。

绝句

吴嘉纪

白头灶户低草房^①，六月煎盐烈火旁^②。
走出门前炎日里^③，偷闲一刻是乘凉^④。

作　者

吴嘉纪（1618年—1684年），字宾贤，号野人，泰州安丰场（今江苏安丰）人。明诸生，入清后不再应试。曾游历扬州等地，与名士周亮工交往。后隐居家乡，熟悉盐民疾苦。晚年贫病交困，穷困而死。有《陋轩诗集》。

注　释

① 灶户：旧时称熬盐为业的人家为灶户。
② 煎盐：煮盐。
③ 炎日：烈日。
④ 偷闲：挤出空闲的时间。

简　评

吴嘉纪的家乡东淘是两淮重要盐场之一，东淘黎民多以煮盐为业，称为灶户。诗人与灶户们朝夕相处，与他们一样贫困，衣食不周，因此他对灶户的生活深有了解，能体味到他们的苦难，写下许多反映他们生活的诗篇，这首绝句便是其中之一。首联出句以短短七个字的容量勾画出老灶户的形象及其生活环境，入句从灶户的生活环境转向劳作。"走出门前炎日里"二句，是说赤日炎炎的户外，相对熬盐的低草房，还是纳凉的好地方，这两句从反面衬托出灶户劳动时的恶劣环境和所受的煎熬。"炎日"和"乘凉"本不搭界，诗人却出人意料地画上一个等号，成为诗中出奇制胜的一笔。

览镜词

毛奇龄

渐觉铅华尽①，谁怜憔悴新？

与余同下泪,只有镜中人②。

作　者

毛奇龄(1623年—1716年),原名甡,字大可,号初晴、西河,萧山(今属浙江)人。早年参加过抗清活动,后归隐。康熙十八年(1679年)应博学宏词科,授官翰林院检讨。以治经史之学著名,又长于诗。有《西河合集》。

注　释

①铅华:女子化妆用的铅粉。
②镜中人:人在镜中的影子。

简　评

一个陈旧的题材(思妇),很难写出新意。毛奇龄的这首五绝,通过"览镜"这一特定的情节来刻画人物的心理活动,就有别致。"渐觉铅华尽"二句,表明女主人公不复装扮,且处境孤独,其意略同于"岂无膏沐,谁适为容"(《诗经·卫风·伯兮》)。分明只是独自垂泪,却偏道:"与余同下泪,只有镜中人。"而那个"同下泪"的"镜中人",乃是主人公的影子。这里当然寓有巧思,却也是对镜伤怀的人必然产生的一种心境,有其自然真挚者在。前人说,绝句贵取径深曲,或正意反说,总不直致。此诗即得个中三昧。

咏史

陆次云

儒冠儒服委丘墟,文采风流化土苴①。
尚有陆生坑不尽②,留他马上说诗书。

作　者

陆次云，生卒年不详，字云士，钱塘（今浙江杭州）人。官江阴知县。工诗。有《澄江集》《玉山词》等。

注　释

①儒冠儒服委丘墟，文采风流化土苴（zū）：写秦始皇焚书坑儒。《史记·秦始皇本纪》："丞相臣斯昧死言：'……臣请史官非秦记皆烧之。非博士官所职，天下敢有藏诗、书、百家语者，悉诣守、尉杂烧之。有敢偶语诗书者弃市。以古非今者族。吏见知不举者与同罪。今下三十日不烧，黥为城旦。……'制曰：'可。'"又有侯生、卢生者不愿为秦始皇求仙药，秦始皇"于是使御史悉案问诸生，诸生传相告引，乃自除。犯禁者四百六十余人，皆坑之咸阳"。丘墟，废墟。苴，通"菹"，本义为多水草的沼泽地带，引申为腐草。

②陆生：指陆贾，汉高祖刘邦的谋士。《史记·陆贾列传》载："陆生时时前说称诗、书。高帝骂之曰：'乃公居马上而得之，安事诗、书！'陆生曰：'居马上得之，宁可以马上治之乎！'"

简　评

秦始皇为巩固其封建专制，推行愚民政策，焚书坑儒，造成一代知识分子和文化的空前浩劫，结果加速了秦王朝的灭亡。后代诗人对此往往以激烈的感情予以无情的嘲讽。"儒冠儒服委丘墟"二句，上句言坑儒，下句兼言焚书。"尚有陆生坑不尽"二句语意之妙，一在"说诗书"于"马上"，以见"马上得天下，不可于马上治之"之意；二在"坑不尽"三字，使人联想到文化与传统顽强的生命力。又以"尚有""留他"相勾勒，有冷嘲意味。清代王文濡评此诗云："始皇焚书，则犹有黄石公授张良之兵书；销锋镝，则犹有博浪沙之铁椎；坑儒生，则犹有说诗书之陆贾。始皇愚处，一经拈出，真觉可笑。"

别紫云①

陈维崧

二度牵衣送我行②,并州才唱泪纵横③。
生憎一片江南月,不是离筵不肯明④。

作　者

　　陈维崧(1625年—1682年),字其年,号迦陵,宜兴(今属江苏)人。早慧,幼年有神童之称。康熙十八年(1679年)应博学宏词科,授翰林院检讨,参与修《明史》。其文学以骈体及词最著名,亦工诗,风格纵横豪放。有《陈迦陵文集》《迦陵词》《湖海楼诗集》。

注　释

　　①紫云:徐紫云(1644年—1675年),冒襄在江苏如皋的水绘园中的男伶(旦角)。1668年曾随诗人入都,以演艺倾倒一时。
　　②二度牵衣送我行:诗人寄居水绘园,为生计奔波,曾两度离开如皋,因与紫云两度离别。
　　③并州:古杂歌谣辞,此泛指用边州曲调谱写的歌辞,其内容以离别为主。
　　④离筵:饯别的宴席。

简　评

　　这是陈维崧赠别徐紫云之作。"二度牵衣送我行",简洁交代重逢再别的情事和两人的关系。"并州才唱泪纵横",写紫云歌唱,容若不胜。这时诗人突然感到这一夜的月光很明,明得有些异样。"生憎一片江南月"二句,用极主观的口吻,埋怨明月的无情。其实月本无情,不关人间别离之事。诗人偏偏认为它的无情并非如此,是在有意与人作对,"不是离筵不肯明",像是恶作剧。"生憎"一词,为唐人口语,诗人迁怒于"江南月",无理之至,而情味隽永。

南乡子·邢州道上作①

陈维崧

秋色冷并刀②,一派酸风卷怒涛③。并马三河年少客④,粗豪,皂栎林中醉射雕⑤。 残酒忆荆高⑥,燕赵悲歌事未消⑦。忆昨车声寒易水⑧,今朝,慷慨还过豫让桥⑨。

注　释

①邢州:今河北邢台,古属燕赵。
②并(bīng)刀:古并州(今山西太原)一带出产的刀具,以锋快著称。
③一派:一片。酸风:刺人的寒风。
④三河:河东、河内、河南,今河南洛阳、黄河南北一带,古属燕赵。
⑤皂栎(lì):树名,产于北方。
⑥荆高:荆轲和高渐离,泛指侠义之士。
⑦燕赵悲歌:指荆高送别事。韩愈《送董邵南游河北序》:"燕赵古称多慷慨悲歌之士。"
⑧易水:河名,在河北易县附近。
⑨豫让桥:即豫让隐身伏击赵襄子之地,故址在今邢台北。

简　评

这首纪游词作于康熙七年(1668年)秋,邢州道上。邢州古属燕赵,韩愈《送董邵南游河北序》说:"燕赵古称多慷慨悲歌之士。"这首词中提到的人物,除了即目所见的作风"粗豪"的"三河年少",就是荆轲、高渐离、豫让等"慷慨悲歌之士",这些人有一个共同的信条,就是"士为知己者死"。诗人时年四十四岁,尚为诸生，潦倒名场，壮志未酬，正如韩文所说："夫以子之不遇时，苟慕义强仁者皆爱惜焉。矧燕赵之士出乎其性者哉！"所以在这首词里，提到这些人的时候，当然有不遇于时的牢骚和感慨，只不过表达得相当含蓄罢了。

点绛唇·夜宿临洺驿①

陈维崧

晴髻离离②，太行山势如蝌蚪。稗花盈亩③，一寸霜皮厚④。　赵魏燕韩⑤，历历堪回首。悲风吼，临洺驿口，黄叶中原走。

注　释

① 临洺驿：驿站名，在今河北邯郸北。东临黄河，西望太行山。驿，驿站。
② 晴髻：晴空中山峰如女子的发髻。髻，本指妇女的发式，此处比喻山峰。离离：清晰分明的样子。
③ 稗（bài）：一种稻田中的害草，其花色白。
④ 一寸霜皮厚：指稗花堆积如凝霜一寸。
⑤ 赵魏燕韩：战国时的四个国家。此指诗人曾经游历的地方。

简　评

这也是一首纪游词。上片写登览所见。在傍晚斜日下远眺太行山，峰峦攒聚，状如佛头上的螺髻；山脉蜿蜒，状如蝌蚪古文；地里庄稼已经收割，大片野生的稗子正在扬花，白茫茫如一层严霜，传达出逼人的寒意。下片怀古。在这片土地上，曾经演绎过三家分晋、秦灭六国等悲壮的历史，令人思之惨然。"堪回首"即可堪回首。"悲风吼"三句紧扣眼前北地霜风，风向朝南，故云

"黄叶中原走"。此实写怀古而通感于自然，因此极具神情。这种表现手法多见于结尾，如诗人《好事近》所谓"话到英雄失路，忽凉风索索"。这首词具有很强的沧桑感，怀古的具体内容却比较含混，通过景语抒情，比较耐味。

栈中①

费密

栈阁通秦道②，青天未易行。
尽过奇绝处，不负有平生。
白马岩中出，黄牛壁上耕③。
野花埋辇迹④，幸蜀只空名⑤。

作　者

费密（1625年—1701年），字此度，号燕峰，新繁（今四川新都）人。曾与杨璟率军抗击张献忠起义军，后避乱流寓泰州。与其子锡琮、锡璜均有诗名。有《燕峰诗钞》。

注　释

①栈中：蜀道绝壁上的栈道，在四川广元朝天峡。
②阁：剑阁，即剑门关，在今四川剑阁县。秦道：即蜀道，由秦入蜀的古道。
③壁上：山区的岩壁上。
④辇：指皇帝的车驾。
⑤幸蜀：指唐玄宗在安史之乱爆发后幸蜀之事。

简　评

这首诗作于清顺治十年（1653年），当时明末战乱带来的社会创伤尚未恢复。诗人为避兵燹，曾藏匿秦巴山间，诗即记当时见闻。"栈阁通秦道"二句,暗用李白"蜀道之难,难于上青天"之意,谓秦巴山区地势之险,正可避秦。"尽过奇绝处"二句,暗用苏轼"九死南荒吾不恨,兹游奇绝冠平生"意,似对非对,初唐标格。"白马岩中出"二句是诗中警句,出即目所见。在乱世、在山区才能见到这样"雷人"的情景。上句兼关"白驹过隙"之义。"野花埋辇迹"二句是怀古,写唐玄宗避难曾经过此地,百姓并未得到任何好处,只留下"幸蜀"之"空名"了。世事沧桑,感慨无端。前人谓此诗格调极高,不输李、杜。

朝天峡①

费密

一过朝天峡,巴山断入秦②。
大江流汉水③,孤艇接残春④。
暮色愁过客,风光惑榜人⑤。
明年在何处?杯酒慰艰辛。

注 释

①朝天峡:一名朝天岭,在四川广元北嘉陵江上游。
②巴山:在汉水支流任河谷地以东,重庆、湖北、陕西三省市边境,朝天峡以西的部分属陕西。秦:今陕西。
③大江:长江。汉水:长江支流,源出秦岭,流至汉中始称汉水。
④艇:轻快的小船。残春:暮春。
⑤榜(bàng)人:划桨、摇橹的船工。

简 评

这首诗写诗人出蜀乘船过朝天峡时的观感。"一过朝天峡"二句写舟行到一个节点上。朝天峡是绵亘不断的,但行政区域的划分却是有断限的,一"断"字,突出了朝天峡地理位置之特点。"大江流汉水"写去向,即未来的行程。由嘉陵江到汉水,并无直接的水路可通,所以只能是想象的情景;"孤艇接残春"写时间也到了节点——春末夏初。两句气象开阔,王士禛赞为"十字千古"。"暮色愁过客"二句,回到眼前行程,写同船之人的两种感受:行客因日暮而生愁,怕误了行程;而船夫受到两岸风光所吸引,放慢了船行速度。"明年在何处"二句,又陷入沉思,面向未来,却是茫然未卜,只好以薄酒一杯,聊慰漂泊之苦了。诗人的诗思在现实和未来中往复,沉郁顿挫,近于杜诗。

高邮遇故人 [1]

费密

相逢多难后[2],只此是天涯[3]。
与子躬耕处[4],苍生尚几家[5]。
朱门齐牧马[6],白骨乱开花。
耆旧何人在[7],行吟感暮鸦。

注 释

[1] 高邮:地名,今属江苏。故人:指张宛都,时授高邮州同(知州的佐官),书来迎,遂至其署。诗中陈述的,是湖广填四川时第一批移民到成都的见闻。

[2] 多难:指明末战难。

[3] 此:当指成都。天涯:指移民落脚点。

[4] 子:移民的互称。

[5] 苍生:指原住民。

[6] 朱门:漆成红色的大门,指昔时豪门。

[7] 耆旧:指老成都人。

简　评

　　这首诗当作于康熙三年（1664年）四月，诗人应襃城张宛都邀至高邮州同官署时。据《燕峰诗钞》载，诗中所记当是湖广填四川时第一批移民到成都的见闻。"相逢多难后"二句写首批移民到达成都落脚。"与子躬耕处"二句是说相见各是移民，土著寥寥无几。"朱门齐牧马"二句是诗中警句，谓往日的豪门已成绝户，满是青草，可以牧马。移民对空房稍加改造，即可居住。移民说到住宅，都说是"砍刺笆笼砍出来的"。"白骨""乱开花"分开看，只是寻常，并置一处，则惊悚之至。"耆旧何人在"二句写老成都人死光光，黄昏行吟只见寒鸦万点。通篇纯属白描，读罢直教人掩面痛哭。

梅花开到九分

叶燮

亚枝低拂碧窗纱[①]，镂云烘霞日日加[②]。
祝汝一分留作伴，可怜处士已无家[③]。

作　者

　　叶燮（1627年—1703年），字星期，号己畦，吴江（今属江苏）人，学者称"横山先生"。康熙九年（1670年）进士，官宝应县令，因忤上司落职。后漫游四方。晚居横山，教授生徒。诗文宗韩愈、杜甫。所作《原诗》为清代著名诗论。又有《己畦诗文集》。

注　释

①亚枝：低枝。
②镂云烘霞：形容白色的、红色的梅花日渐繁茂。日日加：一天胜一天。

③处士：指林逋，北宋诗人，以"梅妻鹤子"著称。

简　评

"梅花开到九分"这个题目就很有意思。如开到十分，便是全盛了。古人很早就明白满招损、盈必亏，物极必反的道理。开到十分的花朵固然美丽无以复加，但全盛的梅花接着便会凋零，所以诗人还是宁愿它保持九分的势头。"祝汝一分留作伴"，这就是说不遣花开到十分的意思。留一分保持九分，就可以长久与人为伴了。其实花开花落自有规律，"祝汝一分留作伴"只是主观上的美好想法。无论处士有家无家，梅花既开到九分，也就会开到十分，其花期已经过得差不多了。而诗中却从梅花的有伴无伴、处士的有家无家作想，写得一波三折，一唱三叹，也就将诗人的惜花心情，于此曲折传出，极富情致。

客发苕溪①

叶燮

客心如水水如愁，容易归舟趁疾流②。
忽讶船窗送吴语③，故山月已挂船头④。

注　释

①客：诗人自指。苕（tiáo）溪：水名，在今浙江北部，流经湖州入太湖。
②容易：指船趁着疾速的顺水飞驰。
③讶：惊讶。吴语：吴地方言，诗人乡音。
④故山：故乡的山。

简　评

这是一首回乡偶书之作。苕溪是流经诗人家乡吴兴的一条水名。诗人离家很久了，即使不是"少小离家老大回"，至少也是乡音久违。"客心如水水如愁"二句写出一种特殊的旅况,字里行间只是一个"快"字。首句顶针,且有回文之妙。"忽讶船窗送吴语"二句写船已到家的瞬间感受,诗人觉得太突然,几乎承受不了这种突如其来的愉快。然而,第一个证实的信息便是"船窗送吴语"——那是家乡话呀!只说"故山月已挂船头",仿佛故乡月与他乡月有什么不同似的,仿佛他能一眼认出故山之月似的。耐人寻味。到家的愉快感觉,便由此和盘托出了。

闺怨

董以宁

流苏空系合欢床①,夫婿长征妾断肠。
留得当时临别泪,经年不忍浣衣裳。

作　者

董以宁(1629年—1669年),字文友,武进(今属江苏)人。明末为诸生。于历象、乐律等,多所发明。有《正谊堂集》。

注　释

① 流苏:一种用为床上装饰品的穗子。合欢床:双人床。

简　评

这是一首闺怨诗,妙在三、四句写女方的痴情。"经年不忍浣衣裳"所为何事呢?"留得当时临别泪"。"留得临别泪"有何用呢?原来在女子想来,留住了分别时的泪痕,也就等于留住了分别时的依依不舍之情。泪痕留住了,心就不会变了。这就是所谓的"一往情深"。

养马行并序

梁佩兰

庚寅冬①，耿尚二王入粤，广州城居民流离窜徙于乡，城内外三十里所有庐舍坟墓，悉令官军筑厩养马，梁子见而哀焉②，作《养马行》。

贤王爱马如爱人，人与马并分王仁。王乐养马忘苦辛，供给王马王之民。马日龁水草百斤③，大麦小麦十斗匀。小豆大豆驿递频④，马夜龁豆仍数巡⑤。马肥王喜王不嗔⑥，马瘦王怒王扑人⑦。东山教场地广阔，筑厩养马凡千群⑧。北城马厩先鬼坟，马厩养马王官军。城南马厩近大海，马爱饮水海水清。西关马厩在城下，城下放马马散行。城下空地多草生，马头食草马尾横。王谕养马要得马性情⑨，马来自边塞马不轻。人有齿马，服以上刑⑩。白马王络以珠勒⑪，黑马王络以紫缨⑫，紫骝马以桃花名⑬。斑马缀玉缨，红马缀金铃。王日数马，点养马丁⑭。一马不见，王心不宁。百姓乞为王马王不应。

作　　者

梁佩兰（1629年—1705年），字芝五，号药亭，南海（今属广东）人。康熙二十七年（1688年）进士，官翰林院庶吉士。旋告假归，结社兰湖，以诗酒为乐，诗名愈大。与陈恭尹、屈大均号称"岭南三大家"；又与程可则、陈恭尹、王邦畿、方殿元、方还、方朝并称"岭南七子"。有《六莹堂集》。

注　释

①庚寅：即顺治七年（1650年）。据方恒泰《橡坪诗话》记载，是年冬，清靖南王耿精忠、平南王尚可喜率兵攻破广州，然后屠城七日，广州市民得免诛戮者仅七人。

②梁子：诗人自指。

③龁（hé）：咬。

④驿递频：通过驿站不断输送。

⑤数巡：多遍。

⑥嗔：生气。

⑦扑：打。

⑧厩（jiù）：马棚。

⑨谕（yù）：告诉，用于上对下。

⑩人有齿马，服以上刑：《礼记·曲礼》："齿路马者诛。"意思是计算国君所乘路车之马的年齿者，以不敬处死。后用为咏马之典。

⑪络以：佩戴。珠勒：有珠饰嚼子的马络头。

⑫紫缨：紫色帽带，此处指紫色穗子。

⑬紫骝（liú）：古代骏马名，典出《南史·羊侃传》。

⑭养马丁：马夫。

简　评

这首诗作于顺治七年（1650年）冬。靖南王耿精忠、平南王尚可喜率兵攻破广州后，在空城内外的所有庐舍坟墓中，悉令清兵筑厩养马。面对如此贵畜贱人之行径，诗人哀叹不已，写下此诗。"贤王爱马如爱人"二句，反言若正，人与马处于同等位置，本已是重马轻人而不仁。接着，诗人就叙述了"贤王"是如何不畏辛苦、关心养马的。"马肥王喜王不嗔"二句，是画龙点睛之笔，足见"贤王"爱马是真，爱人是假。于是广州城的东南西北，到处都成了马的世界。下文马的装饰打扮，诸如络珠勒和紫缨，缀玉缧和金铃，就更是过分之举。以下言贤王每天数马，对养马军士进行点名。一马不见，即心神不宁。而最后一句"百姓乞为王马王不应"，写贤王爱马影响社会心理，堪与"遂令天下父母心，不重生男重生女"（白居易）比美。全诗拨弄字面生情，用了三十三个"马"字，十七个"王"字，而不厌其复。沈德潜赞道:"前无所承,后无所继,应是独开生面之作。"

桂殿秋

朱彝尊

思往事,渡江干①,青蛾低映越山看②。共眠一舸听秋雨③,小簟轻衾各自寒④。

作　者

朱彝尊(1629年—1709年),字锡鬯,号竹垞,秀水(今浙江嘉兴)人。康熙十八年(1679年)应博学宏词科,授翰林院检讨。后被革职,归家潜心著述。博通经史。与王士禛齐名,时称"南朱北王"。词宗姜夔、张炎,为"浙西词派"创始人。有《曝书亭集》等。

注　释

①江干:江边。干,岸。
②青蛾:青黛画的眉毛;美人的眉毛。低映越山:倒映在水中的越山。越山,嘉兴地处吴越之交,故云。
③舸(gě):船。
④簟(diàn):竹席。轻衾(qīn):薄被。

简　评

这是一首恋词。朱彝尊与其姨妹冯寿常(字静志)间有过一段不同寻常的恋情,其《风怀二百韵》和《静志居琴趣》就是为冯而作,此词亦与之有关。首句"思往事"即表明词所写乃伤逝怀旧之内容。第二句"渡江干"则将所思之往事,定位在某一特定时空,说明诗人所思的往事乃是渡江的一段情景。"青蛾""越山"相互映带。"共眠一舸听秋雨"二句,将彼此间朦胧的感情联系与保持的实际距离并举。"共眠"与"各自"字面的呼应和唱叹，说近也近，说远也远；似有缘，似无缘；心中温暖，身上寒冷，写出了人性与礼法的微妙冲突，最后表现为几分淡淡的哀愁，加上几分无奈。"天下有情人皆成眷属"从来只是一个美好的愿望，"楼前相望不相知"者有之，"恨不相逢未嫁时"者有之。词中所写男女之间有缘相逢而无缘相亲的遗憾，具有超越时代的普遍性。

读秦纪①

陈恭尹

谤声易弭怨难除②，秦法虽严亦甚疏。
夜半桥边呼孺子，人间犹有未烧书③。

作　　者

陈恭尹（1631年—1700年），字元孝，号半峰，晚号独漉山人，顺德（今属广东）人。父邦彦，明末抗清失败殉难。恭尹继承父志，曾奔走各地，力图复明。不成，乃弃家远游。其诗慷慨激昂，多颂扬抗清志士。与屈大均、梁佩兰并称"岭南三大家"。有《独漉堂诗集》。

注　　释

①秦纪：指《史记·秦始皇本纪》。
②弭（mǐ）：平息。
③夜半桥边呼孺子，人间犹有未烧书：《史记·留侯世家》载，张良尝步游下邳圯上，遇老人。老人以为张良"孺子可教"，赠以《太公兵法》。张良常习诵读之，后助刘邦灭秦建汉。孺子，年轻人。未烧书，指《太公兵法》。

简 评

　　这是一首借古讽今之作。秦始皇统一六国之后，制定了不少严刑苛法，特别是其焚书坑儒一举，更为人们所痛恨。首句即单刀直入，写秦暴政的结果，是"谤声易弭怨难除"。至于秦始皇暴政的具体内容，暴政实施情况，人们是如何怨谤的，等等，则留待知道历史的人自己去补充。第二句以调侃之笔，指出秦法虽严，"亦甚疏"。此三字，道人所未道。"疏"在何处呢？三、四句以留侯张良遇老父夜授《太公兵法》为例，说明尽管秦法规定民间不得私藏兵书，但下邳老父却将《太公兵法》交给了张良，这不是"疏"又是什么呢？诗人写此诗时，清兵已基本上占领了全中国，且对汉族人民实行血腥镇压，"扬州十日""嘉定三屠"便是最典型的惨案。诗人揭示秦亡之因，目的是要唤起人们对毫无人性镇压人民的清廷的反抗。此即所谓弦外音，味外味。

再过露筋祠[①]

王士禛

翠羽明珰尚俨然[②]，湖云祠树碧于烟[③]。
行人系缆月初堕[④]，门外野风开白莲[⑤]。

作 者

　　王士禛（1634年—1711年），字子真，一字贻上，号阮亭，晚号渔洋山人，新城（今山东桓台）人。顺治进士，出任扬州府推官，升礼部主事，官至刑部尚书。康熙四十三年（1704年）辞官归里。诗倡"神韵说"，领袖文坛数十年。谥号文简。有《带经堂全集》。

注　释

①露筋祠：祝穆《方舆胜览》："露筋庙去城三十里。旧传有女子夜过此，天阴蚊盛，有耕夫田舍在焉，其嫂止宿，女曰：'吾宁处死，不可失节。'遂以蚊死，其筋见焉。"后人因号露筋女，为立祠以敬祀之。

②翠羽：翡翠的羽毛，指妇女首饰。明珰（dāng）：用珠玉串成的耳饰。二者都指庙内小姑塑像而言。俨然：庄重的样子。一说真切、明显。

③湖：指高邮湖，在庙旁。烟：雾霭。

④系缆：泊船。月初堕：陆龟蒙《白莲》："无情有恨何人觉，月晓风清欲堕时。"

⑤白莲：据沈德潜注，高邮远近，俱种白莲。

简　评

这首诗写于顺治十七年（1660年）夏秋间，当时诗人在扬州做推官。早在这年三月，诗人到扬州就职途经在高邮的露筋祠，曾作五律《露筋祠》一首，所以此篇题为"再过"。诗人弃去素材本身包含着在当时看来也未免迂腐和残酷的内容，而将这位女子的守节行为加以抽象化，升华为一种高洁的品格情操，借以寄托自己的情怀和审美情趣。这是此诗取得成功的一个关键。"月初堕"这个时间，已过半夜，接近黎明，正是白莲悄然开放之时，也是它的风神情韵最适宜的时候。"门外野风开白莲"是写景，但又带有明显的象征色彩。它仿佛是小姑高洁风神的一种象征，也是诗人所向往的高洁境界的象征。

真州绝句（其四）①

王士禛

江干多是钓人居②，柳陌菱塘一带疏③。
好是日斜风定后④，半江红树卖鲈鱼。

注　释

①真州：今江苏仪征真州，在扬州西南，紧靠长江北岸，是当时由扬州到金陵的通道。
②钓人：捕鱼者。
③柳陌：柳荫中的道路。
④好是：正是，妙在。

简　评

《真州绝句》是康熙元年（1662年）诗人任扬州推官时写的一组描绘真州风物的小诗。首句点出这幅诗意画所描绘的地点及其特征（多是钓人居），似不经意道出，却隐逗末句，笼盖全篇。第二句显出了虽处江北却带有江南情调的地域特征，也透出了渔家兼营农业的生活特点。第三句用"好是"领起，点出江干风物最具有诗情画意的时分。第四句是全诗着意经营的精彩点眼。"红树"指秋天的枫叶，"鲈鱼"是秋天时鲜美味；"半江"二字既符合所描绘的地方（江干），也透出碧江红树相映成趣的绚丽景色，读之如临其境。

督亢陂①

赵俞

提剑荆轲勇绝伦，浪将七尺殉强秦②。
燕仇未报韩仇复③，状貌原来似妇人④。

作　者

赵俞（1635年—1713年），字文饶，号蒙泉，嘉定（今属上海）人。康熙二十七年（1688年）进士，官山东定陶知县。有《绀寒亭集》。

注　释

①督亢：古地名，在今河北涿州东，战国时燕国的富饶地带。荆轲刺秦王，即以献督亢地图为由。

②浪：徒然，白白地。七尺：男儿身躯，指荆轲。

③燕仇：指荆轲刺秦的目的，是替燕太子丹报仇。韩仇：指张良助刘邦灭秦，是替韩国报仇。

④状貌原来似妇人：《史记·留侯世家》："太史公曰：余以为其人计魁梧奇伟，至见其图，状貌如妇人好女。"

简　评

这是一首咏史诗。诗人行经督亢陂故地，联想到荆轲的故事，借诗发表史论。"提剑荆轲勇绝伦"二句，咏荆轲刺秦王。一个"殉"字，肯定了荆轲的义勇；一个"浪"字则又使这个肯定有了几分保留，因为他白白送死。"燕仇未报韩仇复"二句一转，由荆轲联想到张良，这倒有些新意了。这个联想之妙，在于张良与荆轲曾有类似的行刺行动——在博浪沙捅了马蜂窝，亡命下邳。侥幸未死，使张良有机会反思教训，又幸得黄石公传授兵书，后来辅佐汉高祖刘邦，终于灭秦，报了故国之仇。可见匹夫之勇是靠不住的，必须有深谋远虑，大智大勇。诗还雄辩地说明了"人不可貌相"的深刻道理。

津门官舍话旧①

邵长蘅

对床通夕话②，官舍一灯红。
十年存殁泪③，并入雨声中。

作　者

邵长蘅（1637年—1704年），字子湘，号青门山人，武进

（今属江苏）人。顺治诸生。康熙年间游历京师，广泛交游，终生未仕。有《青门集》。

注　释

① 津门：今天津。
② 对床：白居易《雨中招张司业宿》："能来同宿否，听雨对床眠。"又，苏轼苏辙尝对床夜语，事见苏辙《逍遥堂会宿》诗序。后人常用来表达兄弟、好友的深夜晤谈。
③ 存殁：生死。

简　评

这首诗作于康熙二十五年（1686年）邵长蘅再度落第后。诗人在天津官邸拜会友人，有一次彻夜的长谈。"对床通夕话"二句，扣题又含有故实，故味厚。"十年存殁泪"二句，暗示"话旧"的主要内容——彼此会聊到一些老朋友或对方亲人的情况，而其中必然有已经作古的人，也有虽未作古但十分潦倒穷愁的人。有的事诗人早已闻知，有的事则是第一次听到，必然又有一翻感慨，乃至下泪。这就是"十年存殁泪"五个字包含的内容。它实际上说明了"通夕"话的是什么，但没有说尽，诗人巧妙地借这雨声，轻轻掩去了"十年存殁"的具体交谈内容，不了了之，却因为情境的典型，而唤起读者的共鸣。

桃花谷 ①

张实居

小径穿深树，临崖四五家。
泉声天半落 ②，满涧溅桃花。

作　　者

张实居，生卒年不详，字宾公，邹平（今属山东）人。有《萧亭诗选》。

注　　释

① 桃花谷：地名，不详处所。
② 天半：天空中，形容泉水上头地势很高。

简　　评

桃花谷这个名字就很美，使人联想到世外桃源。"小径穿深树"一句就暗含探幽情事。"临崖四五家"写其地居民不多。山里人，性情纯朴，绝类桃源中人。"泉声天半落"二句，上句不说"泉水天半落"而说"泉声"，就很妙，一个字就把桃花谷的声息环境和盘托出。尤妙的是最后一句。泉水落入潭中，会溅起水花，诗人一高兴，就桃花谷的名称着想，遂造成这样的幻象："满涧溅桃花。"可比美于李贺的"桃花乱落如红雨"（《将进酒》），给人以难忘的印象。

广武 ①

潘耒

盖世英雄项与刘 ②，曹奸马谲实堪羞 ③。
阮生一掬西风泪 ④，不为前朝楚汉流。

作　　者

潘耒（1646年—1708年），字次耕，号稼堂，晚号止止居士，吴江（今属江苏）人。康熙十八年（1679年）举博学宏词科，官翰林院检讨。曾参与修《明史》。五年后辞归。对经史、音韵、训诂之学均有研究，著有《类音》。其诗语言畅达，直抒胸臆。有《遂初堂集》。

注　释

①广武：山名，在今河南荥阳境内。秦末楚汉两军隔广武对阵，项羽、刘邦曾在广武谈判。《三国志·阮籍传》注引《魏氏春秋》言阮籍"尝登广武，观楚、汉战处，乃叹曰：'时无英才，使竖子成名乎！'"

②项与刘：项羽和刘邦。

③曹奸马谲实堪羞：阮籍生在曹魏时代，明帝曹叡死，由曹爽、司马懿夹辅曹芳。二人明争暗斗，时局险恶。曹爽召阮为参军时，阮籍谢绝了，托病归里。正始十年（249年）司马懿杀曹爽，独专朝政，排除异己，株连无辜。"曹奸马谲"就是针对这种情况而言的。

④阮生：阮籍。

简　评

这是一首因阮籍之叹而发的咏史诗。"盖世英雄项与刘"，第一句写项羽、刘邦，是为"时无英才"这话做铺垫。"马谲"当指司马懿的权诈而言，而"曹奸"呢？按诗人的本意，是否连类笔伐汉末的曹操呢？不过阮籍在政治上是倾向于曹魏集团的，他不可能将曹操与司马懿等同视之。"曹奸马谲"四字最好扣到曹爽、司马懿头上。于是"阮生一掬西风泪"，便"不为前朝楚汉流"了。"不为前朝楚汉流"，为谁流呢？翻出正意即："只为当前魏晋流"。正面说则寡味，反面说则耐人寻思。这首咏史绝句的佳处全在独出史论。

王昭君[①]

刘献廷

汉主曾闻杀画师[②],画师何足定妍媸[③]?
宫中多少如花女,不嫁单于君不知[④]。

作　者

　　刘献廷(1648年—1695年),字继庄,号广阳子,大兴(今属北京)人。博学多闻,对经学、天文、地理、农田、水利均有研究。其诗豪放有奇气。有《广阳杂记》。

注　释

　　①王昭君:汉元帝时和亲宫女,中国古代四大美女之一。
　　②汉主:即汉元帝刘奭。画师:指宫廷画师毛延寿,曾为王昭君画像,并因画丑王昭君而获罪被杀。
　　③妍媸:美丑。王安石《明妃曲》:"意态由来画不成,当时枉杀毛延寿。"
　　④单于:指匈奴呼韩邪单于。

简　评

　　这首诗专就王昭君和番,汉元帝怒杀画工一事立论。《西京杂记》载王昭君"及去,召见,貌为后宫第一。善应对,举止娴雅。帝悔之,而名籍已定。帝重信于外国,故不复更人。乃穷案其事,画工皆弃市"。"汉主曾闻杀画师"二句犹如当头棒喝,直为当时画工鸣冤叫屈。"宫中多少如花女"二句,又是一声棒喝。诗人由此及彼,由明妃的悲剧连类而及更多宫女的悲剧。诚然,昭君出塞,使汉元帝认识到自己出了差错。然而,要是昭君不出塞呢,汉元帝岂不一辈子糊涂,如花美女最后还不是空老宫中?此诗的象征意蕴大于形象,超越其字面意义和时代,针砭了"墙里开花墙外香"这样一种社会弊病。

题闺秀雪仪画嫦娥便面①

刘献廷

素笺折叠涂云母②,黛笔清新画月娥③。
莫道绣奁无粉本④,朝朝镜里看双螺⑤。

注　释

①闺秀:出身大家的女子。便面:古代用以遮面的扇状物。《汉书·张敞传》:"然敞无威仪,……自以便面拊马。"颜师古注:"便面,所以障面,盖扇之类也。不欲人,以此自障面则得其便,故曰便面,亦曰屏面。"

②素笺折叠:指折扇的扇面。素笺,白色的笺纸。涂云母:指画扇面,用云母装饰扇面。云母,一种透明晶状造岩矿物。

③月娥:月中嫦娥。

④绣奁(lián):古代女子梳妆用的匣子。粉本:绘画用的底稿。清代方薰《山静居画论》:"画稿谓粉本者,古人于墨稿上,加描粉笔,用时扑入缣素,依粉痕落笔,故名之也。"

⑤双螺:指女子的一对发髻。

简　评

这首诗是为一位名叫雪仪的女子的扇面画所作的题咏。这幅扇面上画的是嫦娥奔月。"素笺折叠涂云母"二句写雪仪作画的过程,是先涂背景,后画人物。"莫道绣奁无粉本"二句,撇开画面不表,别出心裁地探寻作画的"粉本",即素描底稿。嫦娥是神话人物,谁也没见过,她的形象只能根据"模特儿"创作而成。这"模特儿"哪里去找呢? 诗人满有把握地揣测道:"朝朝镜里看双螺。"原来画中人的"模特儿"就是女子自己。这两句诗的象征意蕴,超出了它的本意,而参破了文艺创作的一大天机,即文艺家的创作,无不以自身的生活阅历、生活经验为依据。故郭沫若说:"蔡文姬就是我。"

北固山看大江①

孔尚任

孤城铁瓮四山围②,绝顶高秋坐落晖③。
眼见长江趋大海④,青天却似向西飞。

作　者

孔尚任(1648年—1718年),字聘之,一字季重,号东塘、岸堂,自署云亭山人,曲阜(今属山东)人。康熙年间因御前讲经而受到康熙帝赏识,授国子监博士。官至户部员外郎。曾奉命赴淮阳疏浚黄河口,遍游东南胜地。有《桃花扇》《湖海集》。

注　释

①北固山:在江苏镇江北,面临长江。大江:即长江。
②铁瓮(wèng):指镇江古城。瓮,瓮城,古代防御设施,城墙护门的小城。
③落晖:夕阳。
④趋:奔赴。

简　评

这首诗写观江景所产生的一种错觉。诗人坐在北固山上俯仰江天,突然产生一种炫目的感觉,遂抓住感觉,写成一首写景佳作。"孤城铁瓮四山围"二句写黄昏日落时分,诗人独坐北固山头,俯瞰镇江城,可以清楚地看到湍急的江水掠山脚而过,迅速奔向东方。突然一个错觉产生——诗人看到整个青天在向西移动。"眼见长江趋大海"二句,写出了长江与青天相对运动的感觉。类似感觉，人们都有过。但通过如此有声势的诗句揭示出来，还是令人感到新鲜。这就是宋人所说的"活法"。

桃花扇传奇题辞①

陈于王

玉树歌残迹已陈②，南朝宫殿柳条新③。
福王少小风流惯④，不爱江山爱美人。

作　者

陈于王，生卒年不详，字健夫，顺天宛平（今属北京）人。

注　释

①桃花扇传奇：即《桃花扇》，孔尚任创作的一出名剧。剧本以南明弘光朝的腐败政治局面为历史背景，以诗扇做线索，通过"复社"文人侯方域与秦淮名妓李香君的离合之情，写南明一代兴亡之感。
②玉树歌：即《玉树后庭花》，陈后主所作。
③南朝：本指南北朝时期的宋齐梁陈，这里指南明王朝。
③福王：即南明弘光帝，原封于洛阳为福王。《桃花扇》第二十五出"选优"载："（杂扮二内监执龙扇前引，小生扮弘光帝，又扮二监提壶捧盒，随上）（小生）满城烟树间梁陈，高下楼台望不真；原是洛阳花里客，偏来管领秣陵春。"

简　评

这首诗意在讽刺鞭挞南明统治者的腐朽堕落。诗中"福王"即朱由崧，崇祯死后，他由洛阳避兵至淮安。凤阳总督马士英利用其昏庸，迎立于南京，是为弘光帝。"玉树歌残迹已陈"二句，以陈后主比弘光帝，谓南明王朝实蹈袭陈后主的覆辙。"柳条新"意即行径旧也。"福王少小风流惯"二句是对弘光帝的概括性批判。朱由崧到南京即位后，即命"中使四出搜巷。凡有女之家，黄纸贴额，持之而去，间井骚然"（《明史》陈子龙言）。诗人不直说他荒淫，只说他"少小风流惯"；不直说他断送江山，却说他"不爱江山爱美人"，皆属举重若轻，最得婉讽之妙。"不爱江山爱美人"，遂为脍炙人口的名句。

舟夜书所见①

查慎行

月黑见渔灯②，孤光一点萤③。
微微风簇浪④，散作满河星。

作　　者

　　查慎行（1650年—1727年），原名嗣琏，字夏重，后更今名，字悔余，号初白，海宁（今属浙江）人。康熙四十二年（1703年）赐进士出身，官翰林院编修。少受学于黄宗羲，能诗善词。其诗学苏轼、陆游，意境清新，局度严谨，为清代一大家。有《敬业堂诗集》《补注东坡编年诗》等。

注　　释

　　①舟夜：夜晚住宿船上。书：写下。
　　②渔灯：渔船上的灯火。
　　③孤光：孤零零的灯光。一点萤：比喻灯光像萤火虫发出的光一样微弱。
　　④风簇浪：风吹起波浪。簇，聚集。

简　　评

　　这是一首写景诗。"月黑见渔灯"二句写天空浓云密布，夜色笼罩了整个河面，只能看见远远的那个渔船上如萤火般的渔灯。"微微风簇浪"写夜风从河面阵阵吹来，河水哗哗作响，轻轻地掀起浪花。"散作满河星"写浪花起处，如萤的孤光刹那间似乎变成万船灯火,蔚为奇观;每朵浪花,都把那如萤般的灯光摄进水中,有多少浪花,就有多少灯光。全诗以静衬动,以暗衬亮,以一点化万点,创造出深邃、宁静而富于变化的艺术境界,正是"状难写之景如在目前"。

长相思

纳兰性德

山一程,水一程①,身向榆关那畔行②。夜深千帐灯③。 风一更,雪一更④,聒碎乡心梦不成⑤。故园无此声⑥。

作　者

纳兰性德(1655年—1685年),初名成德,字容若,号楞伽山人,满洲正黄旗人,武英殿大学士纳兰明珠之长子。康熙十五年(1676年)进士,官至一等侍卫。善诗词,尤以词著名,最工小令,风格婉丽凄清。有《通志堂集》,汇辑本《纳兰词》。

注　释

①山一程,水一程:即山高水远。程,路程。
②榆关:即今山海关,古称渝关、临渝关等,明时改为今名。在今河北秦皇岛东北。那畔:指关外。
③千帐灯:指皇帝出巡临时住宿的行帐的灯火。千帐,极言军营之多。
④风一更,雪一更:言整夜风雪交加。更,一夜五更,每更约两小时。
⑤聒(guō):声音嘈杂。
⑥故园:故乡,这里指北京。此声:指风雪交加的声音。

简　评

这首词作于康熙二十一年(1682年),诗人护驾出关,祀长白山时。榆关即山海关,是此行必经之地。道里遥阔,途中不免宿营。词人撇开卤簿旌旗车骑之盛不写,专拣"夜深千帐灯"写之,通过特殊景观,表现出皇帝外出的气派,堪称大气包举。气候严寒,风雪交加,帐中的滋味可想而知。睡不着,一是因为冷的缘故,一是因为闹的缘故。风在闹,雪也在闹,这种况味,只有在关外才能体会。"故园无此声"看起来是一个事实的陈述,其实是说"在家千日好"的意思。尽管"梦不成",词人的一片"乡心",已经形象地得到了表达。

浣溪沙

纳兰性德

谁念西风独自凉①,萧萧黄叶闭疏窗②,沉思往事立残阳。 被酒莫惊春睡重③,赌书消得泼茶香④,当时只道是寻常。

注 释

①谁:指亡妻。
②萧萧:风吹叶落发出的声音。疏窗:刻有花纹镂空的窗户。
③被酒:酒醉。
④赌书:用赵明诚、李清照事。李清照《金石录》后序:"余性偶强记,每饭罢,坐归来堂烹茶,指堆积书史,言某事在某书某卷第几叶第几行,以中否角胜负,为饮茶先后。中即举杯大笑,至茶倾覆怀中,反不得饮而起,甘心老是乡矣,故虽处忧患困穷,而志不屈。"消得:享受。

简 评

这是一首悼亡词。词人妻子卢氏于康熙十三年(1674年)出嫁,婚后三年,死于难产。此事对词人刺激之深,是可想而知的。

上片写深秋黄昏至深夜，对亡妻的思念，情景交融，倒也罢了；下片，尤其是后两句，却好得紧。"赌书""泼茶"，事见李清照《金石录》后序，可见词人当年家庭生活的淡泊与温馨、夫妇之间的情甚相得。"当时只道是寻常"，换言之即"而今思量不寻常"。常言道：平平常常才是真。然而，人们处在平平常常之中时，又往往因为"只道是寻常"的缘故，并没有感觉到它的可贵。只有当你失去了它之后，你才会深深地感到它的不同寻常。诗的表达法，以避免直陈为佳。奇语、凡语，常在一转换间。

蝶恋花

纳兰性德

辛苦最怜天上月①，一昔如环②，昔昔都成玦③。若似月轮终皎洁，不辞冰雪为卿热④。 无那尘缘容易绝⑤，燕子依然，软踏帘钩说⑥。唱罢秋坟愁未歇⑦，春丛认取双栖蝶⑧。

注　释

①天上月：指亡妻。
②昔：同"夕"。《左传·哀公四年》："为一昔之期。"
③玦（jué）：玉玦，半环形之玉，双关半个月亮。
④不辞冰雪为卿热：《世说新语·惑溺》载，东汉荀粲之妻冬天高烧病重，全身发热难受。荀粲就脱光衣服站在大雪中，等身体冰冷时回屋给妻子降温。卿，对妻子的爱称。
⑤无那：犹无奈。
⑥帘钩：卷帘用的钩子。说：指燕语呢喃。
⑦唱罢秋坟愁未歇：李贺《秋来》："秋坟鬼唱鲍家诗，恨血千年土中碧。"
⑧认取：辨认。取，语助词。

简　评

　　这也是一首悼亡词。词人《沁园春》序："丁巳重阳前三日，梦亡妇淡妆素服，执手哽咽，语多不复能记，但临别有云：'衔恨愿为天上月，年年犹得向郎圆。'妇素未工诗，不知何以得此也？"此词开篇即从"天上月"说起，圆月是团圆的象征。月亮每月只圆一次，到底是圆少而缺多，好比词人夫妻短暂的爱情生活。"不辞冰雪为卿热"是回应亡妻梦中赠诗，是痴语亦是妙语。过片三句以呢喃燕语反形丧妻的孤独。古代传说中的爱情悲剧常见的一种程式，是以男女双方化蝶作结。结语"春丛认取双栖蝶"因而用之，较前文"燕子依然，软踏帘钩说"，又多了一重执着意味，表现了词人对爱情的坚贞信念。

古北口中秋①

曹寅

山苍水白卧牛城②，三尺黄旗万马鸣③。
半夜檀州看秋月④，河山表里更分明⑤。

作　者

　　曹寅（1658年—1712年），字子清，号荔轩，又号楝亭，满洲正白旗人。康熙三十一年（1692年）负责江宁织造，四十三年（1704年）与其妻兄兼巡视两淮盐政，官至通政使。工诗，有《楝亭诗钞》。

注　释

①古北口：又称"虎北口"，长城上的一个关口，在今北京密云北。
②卧牛城：形容山城如牛背。
③黄旗：黄色的旗帜，古代军中用旗。

④檀州：古州名，辖境相当今密云一带。

⑤河山：河指潮白河，山指燕山山脉。表里：即内外。《左传·僖公二十八年》："表里山河，必无害也。"杜预注："晋国外河而内山。"

简　评

这首诗编在《楝亭诗钞》第一卷中，约作于曹寅任御前侍卫时。首句以纵横开阔的笔力，写出月夜之下古北口城一带的山脊状如卧牛。燕山山脉显得更苍茫，潮白河水发出银色的光芒。这仅仅是自然界的形势。第二句写皇帝驻跸的声威和军容之雄壮，月下看见黄旗飘飘，听见群马嘶鸣。第三句点明时间是中秋之夜，用"檀州"指古北口，是为避重复，这是一个过渡句。第四句"河山表里更分明"是诗中警句。单看似是歌颂河山，不觉得是写月色，细味"更分明"三字，"分明"是说山脉向光面和背光面明暗分明，形势更见险峻，正是月色的作用了。这首诗暗关皇帝驻跸，意在颂圣，却不着一字，尽得风流。

偶然作

屈复

百金买骏马，千金买美人。
万金买高爵①，何处买青春。

作　者

屈复（1668年—？），字见心，号悔翁，蒲城（今属陕西）人。有《弱水集》。

注　释

①高爵：高的官职和爵位。

简　评

　　这首信手写成的小诗给人以当头棒喝，发人深省。在拜金主义者看来，金钱是万能的，"有钱能使鬼推磨"，然而这里正有世人的一大误区在。金钱可以买骏马，但买不到高超的骑术；金钱可以买美人，但买不到甜蜜的爱情；金钱可以买高爵，但买不到快乐与长寿……"骏马""美人""高爵"，依"百金""千金""万金"逐次增价，到后一句却是冷冷地一跌：何处买青春！写了一串儿能买，为的是写出最后一个不能买，最具擒纵之致。

磷火①

徐兰

土雨空蒙著衣湿②，磷火如萤飞熠熠③。
须臾散作星满天，空际如闻众声泣。
有火独明必鬼雄，众鬼吐焰无其红。
约束群磷共明灭，无乃昔日为元戎④。
别有火光黑比漆，埋伏山坳语啾唧⑤。
鬼马一嘶风乱旋，千百灯从暗中出。
电光闪闪两军接，狐兔草中皆震慑⑥。
一派刀声不见刀，髑髅堕地轻于叶⑦。
血过千年色尚新，那知白骨化烟尘。
新鬼日添故鬼冷，无复寒衣送远人⑧。

作　者

　　徐兰（1660年—1730年），字芝仙，常熟（今属江苏）人。

康熙二十年（1681年）前后入京为国子监生。曾为安郡王幕僚，并随之出塞。有《出塞诗》。

注　释

① 磷火：俗称"鬼火"，尸体腐烂时分解出的磷化氢自燃时产生的火焰。
② 土雨：飞扬的尘土。空蒙：细雨迷蒙的样子。
③ 熠熠：闪烁的样子。
④ 元戎：统帅。
⑤ 啾唧：形容细碎的叫声。
⑥ 震慑：震惊而使人恐惧。
⑦ 髑髅（dúlóu）：骷髅；死人的头骨。
⑧ 寒衣：冬天御寒的衣服，特指由士兵家属寄往边地的冬衣。

简　评

杜牧评李贺诗道："鲸吸鳌掷，牛鬼蛇神，不足为其虚荒幻诞也。"（《李长吉歌诗叙》）徐兰的这首《磷火》就属于李贺的这一路。但诗中情景，连李贺也未曾写到。仔细揣摩诗意，这其实是一首过古战场作的诗。因为其地白骨缠草根，故多磷火与萤火（诗着重写前者）。夜里路过，幽圹漆炬的阴森景象，令人不禁冷到背脊骨，而幻象迭起。他仿佛看到了一场鬼战——那当是昔日战场冤魂，死而不散，还在冤冤相报，没完没了。诗人就这样展开了有意味的冥斗场景。沈德潜赞道："写磷火之忽聚忽散，鬼雄鬼马之光怪陆离，纸上几于有形声矣。后又写群鬼之接战，更幻更奇。吴道子善画鬼，亦未道此。"

出关①

徐兰

凭山俯海古边州②，旆影风翻见戍楼③。

马后桃花马前雪,出关争得不回头。

注　释

① 关:指居庸关。
② 海:指青海湖。
③ 旆(pèi):指旌旗。

简　评

徐兰做过清宗室幕僚,康熙三十五年(1696年)曾随安郡王出居庸关出塞到归化,雍正初又远征青海,有《出塞诗》集,这首诗即其中一首。一、二句写居庸关的形势,无关于妙处。妙处只在第三句"马后桃花马前雪",概括极为有力,事实上马前马后,咫尺之间,自然环境、气候条件哪会如此天差地别。"马前""马后"不过是塞北江南的一转语,却亏诗人想得到。而"桃花""雪"则是诗人选取的代表春色和冬天的意象,未必是马上即目所见。有此一句,"出关争得不回头"的抒慨才是水到渠成。沈德潜赞道:"眼前语便奇绝语,几于万口流传,此唐人边塞诗未曾写到者。"

氓入城行 ①

赵执信

村氓终岁不入城 ②,入城怕逢县令行 ③。
行逢县令犹自可 ④,莫见当衙据案坐 ⑤。
但闻坐处已惊魂 ⑥,何事喧轰来向村 ⑦?
银铛杻械从青盖 ⑧,狼顾狐嗥怖杀人 ⑨。
鞭笞榜掠惨不止 ⑩,老幼家家血相视 ⑪。

官私计尽生路无⑫,不如却就城中死⑬。
一呼万应齐挥拳,胥隶奔散如飞烟⑭。
可怜县令窜何处⑮?眼望高城不敢前⑯。
城中大官临广堂⑰,颇知县令出赈荒⑱。
门外氓声忽鼎沸⑲,急传温语无张皇⑳。
城中酒浓馎饦好㉑,人人给钱买醉饱㉒。
醉饱争趋县令衙㉓,撤扉毁阁如风扫㉔。
县令深宵匍匐归㉕,奴颜囚首销凶威㉖。
诘朝氓去城中定㉗,大官咨嗟顾县令㉘。

作　者

赵执信(1662年—1744年),字伸符,号秋谷、饴山,益都(今属山东)人。康熙十八年(1679年)进士,官至右春坊右赞善。后因在佟皇后丧期内到洪昇处观看《长生殿》,被削职。工诗文。其诗清新峭拔,并能反映现实。有《饴山堂集》。

注　释

①氓(méng):指农民。
②终岁:整年。
③县令行:县令出巡。
④犹自可:还算过得去。
⑤当衙:在衙门里坐堂时。据案:手按桌子。
⑥但闻:仅仅是听说。
⑦喧轰:喧闹。
⑧银铛杻械:铁锁和木枷脚镣等刑具。青盖:青罗伞盖,县令出行时的仪仗。
⑨狼顾狐噪:形容像豺狼一样凶狠的衙役的眼神和呵斥声。怖杀人:吓死人。
⑩鞭笞(chī)榜掠:四种刑罚。
⑪血相视:相看身上鲜血长流。

⑫官私计尽：官方上告，私下托人，办法穷尽。生路无：没有生存的希望。
⑬城中死：进城去拼一死。
⑭胥隶：小官和衙役。
⑮可怜县令：最狼狈的是县令。
⑯高城：指府城。
⑰城中大官：指府官。临广堂：坐在宽敞的大堂上。
⑱颇知：清楚知道。出赈荒：县令出巡名义是赈荒。
⑲鼎沸：好像鼎罐中水开了一样。
⑳温语：缓和的语调。张皇：慌张。
㉑馎饦（bótuō）：馄饨。
㉒给钱：供给饭钱。买醉饱：换来一顿酒足饭饱。
㉓争趋：争先恐后奔向县衙。
㉔撤扉毁阁：拆掉县衙大门，毁坏官阁。扉，外门。
㉕深宵：半夜。匍匐归：爬着回来。
㉖奴颜囚首：像奴隶和囚徒一样。销：去掉。
㉗诘朝（jiézhāo）：第二天早晨。
㉘咨嗟：叹息声。顾：眼瞪着县令。

简　评

康熙六十年（1721年）苏州农民被迫走投无路，涌入城内，捣毁知县衙门。这首叙事诗就精彩记述了这一群体性突发事件。开篇十句，用层层推进手法，写农民怕县令，怕得像老鼠见猫，写足"官逼"二字。俗话说，兔子逼急了也会咬人；又道是，法不责众。以下六句则写"民反"。依次写农民横心、定计、入城、官吏闻风逃匿，反过来成了是县令怕农民，怕得要死。接下来六句接写"大官"出面灭火，虽说官官相护，他的办法却是对农民让步，采取疏导而非镇压：一面啖以甘言，一面抚以酒食，最后听任农民返回县衙打砸一番，事件方得平息。事后，"大官"瞪着县令摇头叹气，这一结局意味深长，绝弃套路。诗人真实记录，将县令之颠顶、衙役之蛮横、农民之憨厚、大官之高明，刻画得入木三分，且感情态度鲜明，补杜诗之所无。

过许州[①]

沈德潜

到处陂塘决决流[②]，垂杨百里罨平畴[③]。
行人便觉须眉绿[④]，一路蝉声过许州。

作　者

沈德潜（1673年—1769年），字确士，号归愚，长洲（今江苏苏州）人。乾隆四年（1739年）进士。官至礼部侍郎。论诗主"格调说"，宗汉魏、盛唐。所辑《古诗源》《唐诗别裁集》《明诗别裁集》《清诗别裁集》等颇有影响。有《沈归愚诗文全集》。

注　释

①许州：今河南许昌。
②陂（bēi）塘：池塘。决决：流水声。
③平畴：平坦的田地。
④行人：出行的人，指自己。

简　评

这是诗人过许州郊外即景抒情之作。全诗画龙点睛的是一个"绿"字。虽然它只出现在第三句，但一、二句中已先具其意："到处陂塘决决流，垂杨百里罨平畴。"从"垂杨百里"和"一路蝉声"的描写看，时间可能是初夏。到处的池塘都在溢水，可见是雨后。写水声，碧波荡漾之景如见；写田坝，感觉也是绿的。而阡陌之间垂杨成行，披拂掩映，更见得平野之绿。"行人便觉须眉绿"这句运用通感，一下子抓住读者。须眉事实上是黑色，映不绿的。但行人心里充满绿意，便有"须眉绿"的感觉发生。实际上表现的不是颜色，而是快感。最后一句也就水到渠成，"一路蝉声过许州"是前句快感的一种延续，与李白"两岸猿声啼不住，轻舟已过万重山"之句有异曲同工之妙。

砚

顾陈垿

端溪谁割紫云腴[①]，万古文心向此摅[②]。
小点墨池成巨浪，就中飞出北溟鱼[③]。

作　者

顾陈垿（1678年—1747年），字玉停，号宾阳，江南太仓（今属江苏）人。康熙四十四年（1705年）举人，官行人司行人。通字学、算学、乐律，兼精医学。有《洗桐轩文集》。

注　释

① 端溪：溪名。产砚石。砚台素以端州（今广东肇庆）所产为名贵，世称"端砚"。割紫云：指采石。李贺《杨生青花紫石砚歌》："端州石工巧如神，踏天磨刀割紫云。"腴：肥沃，形容石材润泽。
② 摅（shū）：抒发。
③ 北溟鱼：《庄子·逍遥游》："北溟有鱼，其名为鲲，鲲之大不知其几千里也。化而为鸟，其名为鹏，鹏之背不知其几千里也。"

简　评

这首诗以文房四宝之一的砚为题，抒发了诗人为文的感想。首句从李贺诗化出，着一"腴"字，则见砚石质地的厚润细腻，色泽的光洁可喜。面对这样的一方砚，诗人浮想联翩，想到自古以来的文章，都是靠这小小的文具之助写出来的，岂不令人感到惊异？"小点墨池成巨浪"二句突发奇想，仿佛看到小小墨池掀起巨浪，从中飞出巨大的鲲鹏，直冲云天。典出《庄子·逍遥游》。

后人常用鲲鹏来比喻极伟大的事物，象征宏伟远大的志向。这两句意即，别看小小墨池，凭它能抒发万古文心，做出极其伟大的文章。全诗称名也小，其指极大，是很好的一首励志诗。

彭城道中^①

黄任

天子依然归故乡^②，大风歌罢转苍茫^③。
当时何不怜功狗^④，留取韩彭守四方^⑤？

作　　者

黄任（1683年—1768年），字莘田，号十砚老人，永福（今福建永泰）人。康熙四十一年（1702年）举人，官广东四会知县。工诗，有《秋江集》。

注　　释

①彭城：即徐州，是西楚霸王项羽的都城。
②天子：指汉高祖刘邦。故乡：刘邦故乡沛县丰邑（今江苏丰县），与彭城邻近。
③大风歌：刘邦创作，曾组织乡里小儿合唱的一首歌。苍茫：辽阔无边的样子。
④功狗：指诸将。《史记·萧相国世家》载刘邦对诸将说："夫猎，追杀兽兔者狗也，而发踪指示兽处者人也。今诸君徒能得走兽耳，功狗也。至如萧何，发踪指示，功人也。"
⑤韩彭：韩信、彭越，皆汉初功臣，而被刘邦诛杀。守四方：《大风歌》有"安得猛士兮守四方"句。

简　　评

这首咏史诗是诗人赴江苏徐州途中，有感于刘邦《大风歌》产生的历史背景而作。"天子依然归故乡"二句是追忆史实。公元前195年秋，刘邦在平定淮阴侯韩信、梁王彭越，并击败淮南王英布的"叛乱"后，荣归故里沛县。《大风歌》即作于此时。在消除政治隐患的同时，刘邦也有无可信用的感觉。因而歌中释放的情绪，不全是得意，也夹杂着些许失落。"当时何不怜功狗"二句，即针对《大风歌》末句"安得猛士兮守四方"而出以反诘，意思是被刘邦诛戮的"韩彭"诸将，不就是现成的"猛士"吗？这些人走向政权的对立面，不也是"天子"的猜忌所致吗？此之谓以子之矛，攻子之盾。沈德潜赞道："泗上亭长，将何以答！"这首诗极具阅读快感，所以为佳。

道情十首[①]

郑燮

枫叶芦花并客舟，烟波江上使人愁。劝君更尽一杯酒，昨日少年今白头[②]。

自家板桥道人是也，我先世元和公公流落人间[③]，教歌度曲。我如今也谱得道情十首，无非唤醒痴聋，销除烦恼。每到山青水绿之处，聊以自遣自歌。若遇争名夺利之场，正好觉人觉世。这也是风流事业[④]，措大生涯[⑤]。不免将来请教诸公，以当一笑。

老渔翁，一钓竿；靠山崖，傍水湾。扁舟来往无牵绊。沙鸥点点轻波远[⑥]，荻港萧萧白昼寒[⑦]。高歌一曲斜阳晚。一霎时波摇金影[⑧]，蓦抬头月上东山[⑨]。

老樵夫，自砍柴；捆青松，夹绿槐。茫茫野草秋山外。

丰碑是处成荒冢⑩,华表千寻卧碧苔⑪。坟前石马磨刀坏。倒不如闲钱沽酒,醉醺醺山径归来。

老头陀⑫,古庙中;自烧香,自打钟。兔葵燕麦闲斋供⑬。山门破落无关锁⑭,斜日苍黄有乱松。秋星闪烁颓垣缝。黑漆漆蒲团打坐,夜烧茶炉火通红。

水田衣⑮,老道人;背葫芦,戴袱巾⑯。棕鞋布袜相厮称⑰。修琴卖药般般会,捉妖拿鬼件件能。白云红叶归山径。闻说道悬岩结屋,却教人何处相寻。

老书生,白屋中⑱;说唐虞⑲,道古风⑳。许多后辈高科中。门前仆从雄如虎,陌上旌旗去似龙。一朝势落成春梦。倒不如蓬门僻巷㉑,教几个小小蒙童㉒。

尽风流,小乞儿;数莲花㉓,唱竹枝㉔。千门打鼓沿街市。桥边日出犹酣睡,山外斜阳已早归。残杯冷炙饶滋味。醉倒在回廊古庙,一任他雨打风吹。

掩柴扉,怕出头;剪西风,菊径秋。看到又是重阳后。几行衰草迷山郭,一片残阳下酒楼。栖鸦点上萧萧柳㉕。撮几句盲辞瞎话㉖,交还他铁板歌喉㉗。

邈唐虞㉘,远夏殷㉙;卷宗周㉚,入暴秦㉛。争雄七国相兼并㉜。文章两汉空陈迹㉝,金粉南朝总废尘㉞。李唐赵宋慌忙尽。最可叹龙盘虎踞,尽销磨燕子春灯㉟。

吊龙逢,哭比干㊱;羡庄周㊲,拜老聃㊳。未央宫里王孙惨㊴。南来薏苡徒兴谤㊵,七尺珊瑚只自残㊶。孔明枉作英雄汉。早知道茅庐高卧,省多少六出祁山㊷。

拨琵琶，续续弹；唤庸愚[43]，警懦顽[44]。四条弦上多哀怨[45]。黄沙白草无人迹，古戍寒云乱鸟还[46]。虞罗惯打孤飞雁[47]。收拾起渔樵事业[48]，任从他风雪关山[49]。

风流家世元和老，旧曲翻新调。扯碎状元袍，脱却乌纱帽。俺唱这道情儿归山去了。

作　　者

郑燮（1693年—1765年），字克柔，号板桥，兴化（今属江苏）人。乾隆元年（1736年）进士。历任山东范县、潍县知县。有政绩。后因赈济饥民得罪豪绅而被免职。以病乞归，寄居扬州，以卖画为生。为清代画坛"扬州八怪"之一。诗书画皆自成一格。有《郑板桥集》。

注　　释

①道情：汉族曲艺品种之一，本道士所歌，亦称"黄冠体"（《啸余谱》）。其后流落江湖者，依调填词，多寓劝诫之意，沿门歌唱，称"唱道情"。此为诗人游戏之作。

②"枫叶芦花并客舟"四句：这是登场诗，第一句、第四句为许浑诗句，第二句为崔颢诗句，第三句为王维诗句。

③元和公公：指杂剧人物郑元和。唐白行简《李娃传》记天宝中常州刺史郑某之子，赴京应试，认识歌伎李娃，沦落行乞。元代石君宝根据这个故事作《曲江池》杂剧，称郑某之子名元和。诗人因道情原是沿门歌唱的曲儿，所以戏认郑元和为祖先。

④风流事业：不同凡俗的事业。

⑤措大：俗称贫士。生涯：指谋生手段。

⑥沙鸥：水鸟，因常集沙滩而称。

⑦荻港：水边，因芦荻丛生而称。

⑧波摇金影：指月光映在水波中。

⑨蓦（mò）：忽然。

⑩丰碑：高大的墓碑，可见墓主生前显赫。

⑪华表：古代宫殿、陵墓等大建筑物前面做装饰用的巨大石柱。千寻：形容石柱之长。寻，古代八尺为一寻。

⑫头陀：梵语称僧为头陀，俗以称僧人之行脚乞食者。

⑬ 兔葵：草名，古人以为蔬。燕麦：野麦。
⑭ 关锁：门锁。
⑮ 水田衣：指袈裟。
⑯ 袱（fú）巾：指道士巾。
⑰ 棕鞋布袜相厮称：穿着棕制的鞋、粗布的袜子，全身装束很相称。
⑱ 白屋：指贫居。《汉书·萧望之传》："士或起白屋而致三公。"
⑲ 唐虞：唐尧虞舜的时代。
⑳ 古风：古代的风诗。
㉑ 蓬门僻巷：贫民区里。
㉒ 蒙童：知识未开的儿童。
㉓ 数莲花：唱《莲花落》，《莲花落》是乞丐所唱曲名。数，即唱，为避与下文重复而用。
㉔ 竹枝：《竹枝词》，出古巴渝民歌，多咏土俗琐事。
㉕ 萧萧：稀疏的样子。
㉖ 撮：凑合。盲辞瞎话：指民间艺人（一般由盲人充任）自编歌词。
㉗ 铁板：歌者所用的绰板，语出俞文豹《吹剑录》："抱铜琵琶，执铁绰板，唱大江东去。"
㉘ 邈：年代久远。
㉙ 夏殷：夏朝商代。
㉚ 宗周：周朝，因周行封建制，中央政权为诸侯所宗，故称。
㉛ 暴秦：秦朝，因行暴政而称。
㉜ 争雄七国：指战国七雄。兼并：侵占吞并。
㉝ 文章两汉：指西汉东汉，因文章极盛著称。
㉞ 金粉南朝：指宋齐梁陈，以豪华奢靡著称。金粉，即铅粉，妇女化妆用品。
㉟ 龙盘虎踞：指金陵（今江苏南京）地形，诸葛亮"钟阜龙盘，石城虎踞"。金陵为六朝和明朝故都，这里偏重于指明王朝。燕子春灯：指南明阮大铖所著传奇《燕子笺》《春灯谜》。以上两句慨叹南明王朝君臣不知振作。
㊱ 龙逄（páng）：关龙逄，夏桀之贤臣。比干：商纣的叔父。此二人皆因直谏被杀。
㊲ 庄周：即庄子，主张远祸全身。
㊳ 老聃（dān）：即老子，姓李名耳，著《道德经》五千言。
㊴ 未央宫：汉宫名。王孙：帝王子孙。据《汉书·外戚传》载，汉成帝时赵飞燕为后，于后宫有子者皆杀之，当时有"燕啄皇孙"之谣。
㊵ 南来薏苡徒兴谤：东汉马援从交趾带了许多薏苡回来，有人进谗言指为走私明珠。

㊶七尺珊瑚只自残：晋石崇与王恺比富，晋武帝赞助王恺高二尺许珊瑚，被石崇以铁如意击碎，而赔偿他三四尺高的珊瑚。后石崇为赵王伦所杀。"七尺"是记误。

㊷"孔明枉作英雄汉"三句：诸葛亮本高卧隆中，不求闻达于诸侯，却因刘备三顾茅庐而六出祁山，北伐中原，出师未捷，死而后已。

㊸唤庸愚：即唤醒痴聋，觉人觉世的意思。

㊹懦顽：懦弱贪婪，本作顽懦，颠倒押韵。

㊺四条弦：指琵琶。白居易《琵琶行》："四弦一声如裂帛。"

㊻古戍：古时曾驻兵防守的遗址。

㊼虞罗：指猎人。虞人为古代掌山泽的官，亦主田猎；罗氏为夏官之属（《周礼》），掌以网捕鸟。此句偏义于罗氏，即捕鸟者。

㊽渔樵事业：打鱼砍柴的活计。

㊾风雪关山：喻严酷环境。

简　评

道情是一种通俗说唱文学，文人雅士所不屑为，而诗人兴之所至，思如泉涌，连章而下，竟为绝妙好辞。前六首歌咏江湖中人，依次为渔翁、樵夫、头陀、道士、塾师、乞儿，比起名利场中人，自是生活艰辛，却亲近自然、远离是非、绝弃烦恼，而快活自在，令人羡煞。后四首从往古汲取材料，臧否历史人物。第八首极精要地概括了一部"廿四史"，就是封建王朝"其兴也勃焉，其亡也忽焉"循环不已的历史，"空陈迹""总废尘""慌忙尽""最可叹""尽销磨"，令人目不暇接；第九首指出历代宫廷斗争的残酷性，诗人认为不如信奉老庄哲学，远祸全身。通篇主要由三言、七言句构成，行文上有骈散的变化，句群上有奇偶的变化，用韵有疏密的变化，七言句有上四下三、上三下四节奏的变化，在音调上备极摇曳多姿。这首诗的高明处并不在于思想内容，而在于文字优美，寓意通俗，朗朗上口，故为后世传诵。

潍县署中画竹呈年伯包大中丞括 [1]

郑燮

衙斋卧听萧萧竹 [2],疑是民间疾苦声。
些小吾曹州县吏 [3],一枝一叶总关情 [4]。

注　释

[1] 署:县衙门。年伯:古称同榜中举者为同年,同年的父辈为年伯。明以后,亦作父辈的泛称。中丞:清代将巡抚称为中丞。
[2] 衙斋:官衙中官员的寝室和休息之所。
[3] 些小:指官职卑微。吾曹:我辈。
[4] 一枝一叶:喻指百姓日常生活小事。关情:牵动情怀。

简　评

这首诗是乾隆十一年(1746年)诗人任山东潍县知县后,送给山东巡抚包括大人的一幅墨竹画上的题画诗。题画诗的常见手法之一是托物言志。诗人关心人民的思想和情怀是无法用几竿竹子的画面表现出来的,而诗却可以予以补充。一、二句巧妙地把衙斋里听到的萧萧竹声,和民间疾苦声联系起来。三、四句进而写其声声入耳,不敢忘怀。"些小吾曹州县吏"可圈可点,这是说自己位卑,然而卑不等于鄙,陆游诗也云:"位卑未敢忘忧国。"而"一枝一叶总关情"的意思则是"位卑未敢忘忧民"。用现在的话说,就是"不忘初心,牢记使命"。这首诗因为意思好、语言到位,而广为传诵。

竹石①

郑燮

咬定青山不放松②,立根原在破岩中③。
千磨万击还坚劲④,任尔东西南北风⑤。

注　释

① 竹石:竹石图。
② 咬定:指扎根。
③ 破岩:指岩石的缝隙。
④ 千磨万击:指无数次磨难和打击。坚劲:坚强有力。
⑤ 任:任凭。尔:你。

简　评

这是一首题画诗,也是诗人咏竹的名篇之一,曾题在多幅竹石图上。竹子到处都可以栽,"咬定青山不放松"是说画上的竹子坚持立根山岩,不畏环境恶劣。郑燮一生仕途坎坷,四十多岁进士及第,只做过短暂的知县小官,有印章曰"七品官耳"。《清史稿·郑燮传》记载,板桥任潍县县令时,逢山东大饥,人相食,毅然开仓赈灾,活民无数。因此触怒上司,被罢免。百姓遮道相送,并建生祠以祀。竹石图正是其人格的真实写照,这首题画诗表达了诗人遭遇打击而不改初衷的志向,写得个性张扬,是诗人的代表作之一。

题画竹

郑燮

四十年来画竹枝,日间挥写夜间思。
冗繁削尽留清瘦①,画到生时是熟时。

注　释

①冗繁:冗杂烦琐。削:删。清瘦:瘦的婉辞。

简　评

此诗有落款:"乾隆戊寅十月下浣,板桥郑燮画并题。"诗人时年六十六岁,通过这首诗总结自己"四十年来画竹枝"的历程和经验,重点在第二联上,属论画性质。诗中写了两个体会:一个是"冗繁削尽留清瘦",几乎囊括了李东阳《柯敬仲墨竹》的全部内容;另一个是"画到生时是熟时",为李东阳诗中所无,也是辩证法所讲的否定及否定之否定,诗画皆然。诗人曾说:"文与可画竹,胸有成竹。郑板桥画竹,胸无成竹。""胸中之竹,并不是眼中之竹也。""手中之竹,又不是胸中之竹也。总之,意在笔先者,定则也;趣在法外者,化机也。"他还写过一副对联云:"删繁就简三秋树,领异标新二月花。"上联说的就是"冗繁削尽留清瘦",下联说的正好是"画到生时是熟时"。"生时""熟时"本来是相反的意思,用"是"画等号,深刻辩证,是造句之妙也。

西山[1]

刘大櫆

西山过雨染朝岚[2],千尺平冈百顷潭[3]。
啼鸟数声深树里,屏风十幅写江南[4]。

作　者

刘大櫆(1698年—1779年),字才甫,号海峰,桐城(今属安徽)人。雍正七年(1729年)、十年(1732年)两举副贡生,官黟县教谕。工文章,为"桐城派"古文家。有《海峰集》。

注　释

①西山:北京西郊群山的总称,有百花山、灵山、妙峰山、香山、翠微山、卢师山、玉泉山等,为京郊名胜。
②朝岚:早上山间的雾气。
③平冈:山脊平坦处。
④屏风十幅:指连屏十幅的画纸。

简　评

这首诗写西山春雨后的景色。"西山过雨染朝岚"二句,展现出西山的壮美:雨后西山在朝来雾气的烘托下分外青翠,群山连绵,气象开阔,潭的面积很大。本来接下去可直通"屏风十幅写江南"一句,但诗人用第三句小作跌宕,写出"啼鸟数声深树里",大有妙理。盖上一联和下一句都是视觉印象,这里添上小鸟数声,便有听觉的快感加入,丰富了诗情画意;上一联和下一句都是壮阔景象,这里加入幽深精致的刻画,也有映衬互成之妙。"数声""深树"在字音上构成回荡,深宜讽诵。最后一句谓西山如画，说一幅屏风还不能尽收其美，故需"十幅写"之，妙在神完气足。

赠友

赵关晓

不向人间留姓名，草衣木食气峥嵘①。
山深虎出伥声急②，夜半长歌空手行。

作　者

赵关晓，生卒年不详，字开夏，浙江归安（今浙江湖州）人。诸生。

注　释

① 草衣木食：编草为衣、摘果为食，形容生活清苦。
② 伥（chāng）：伥鬼，传说谓人死于虎，其鬼魂受虎使役者。

简　评

这首诗为友画像。"友"为何人，从诗的第一句可知诗人是不肯透露的了。此人非无姓名，只是"不向人间留姓名"。一句话就表现了一种推倒正统的价值观念。"草衣木食"即自甘淡泊，"气峥嵘"即善"养吾浩然之气"。"山深虎出伥声急"二句，撇开其人别的行事不说，只写他明知山有虎、偏向虎山行，是兴会神到、画龙点睛的妙笔。不说虎声急，而说"伥声急"，因为没人听过，故直令人毛骨悚然，亦是奇笔。而其目的在于烘托诗中主人公胆力之大。最后一句从容写行路人的胆气，不但夜半走，而且空手走；不是悄悄走，而是唱着歌大步流星地走。歇后语说"夜过坟场吹口哨——给自己壮胆儿"，诗中的"长歌"也有壮胆的意思，却充满凛然正气。就写人形神兼备,且富于浪漫气息而言,这篇七绝绝不逊色于古人。

题雅雨师借书图①

李蕊

旋假旋归未得闲②,十行俱下片时间③。
百城深入便便腹④,直抵荆州借不还⑤。

作　者

李蕊,生卒年不详,字啸村,江南怀宁(今属安徽)人。诸生。

注　释

①师:对僧人的尊称。雅雨师当是"借书图"的作者。
②旋假旋归:及时借,及时还。
③十行俱下:即一目十行,指看书快。
④百城:指藏书丰富。便(pián)便:腹部肥满的样子。
④荆州借不还:用三国时刘备向东吴借荆州的典故。陆游诗云:"名酒过于求赵璧,异书浑似借荆州。"

简　评

读书,当然是读自己买来的书最自在、愉快。然而并非人人经济宽裕,可以坐拥书城,所以借书是读书人免不了的事。在印刷条件落后的古代尤其如此;古代贫寒的士子尤其如此。约定俗成的规矩,是"有借有还,再借不难"的缘故,借了就必须马上读、马上抄。第一句写遵守规矩,第二句写抄书的乐趣,是书也读了,字也练了,知识也有了。"百城深入便便腹"二句,写主人公的得意。贫士哪有便便大腹?这里是形容肚子里装的书多;借书是要还的，怎么可以说"直抵荆州借不还"呢？殊不知书的用处只在读，书虽然还了，知识却装进了肚子里，当然是"直抵荆州借不还"。此诗取材独到，突破了一般写景抒情的格局，妙用比喻，写出读书人很有意思的人生经验。

秋蚊

袁枚

白鸟秋何急①，营营若有寻②？
贪官衰世态③，刺客暮年心④。
附暖还依帐，愁寒更苦吟。
怜他小虫豸⑤，也有去来今⑥。

作　者

袁枚（1716年—1797年），字子才，号简斋，又号随园老人，钱塘（今浙江杭州）人。乾隆四年（1739年）进士，授翰林院庶吉士。历任溧水、江浦、沭阳、江宁等地知县。辞官后，于江宁小仓山筑随园，以诗酒为娱。论诗创"性灵说"，主张抒写性情。其诗奔放纵肆，清新自然，自成一家，颇有影响。有《小仓山房诗文集》《随园诗话》等。

注　释

① 白鸟：蚊子的别称，语出梁元帝《金楼子》："白鸟，蚊也。"
② 营营：拟声词，形容蚊子的叫声。
③ 衰世态：指背时的样子。
④ 刺客：喻蚊子叮人。
⑤ 虫豸（zhì）：虫类的通称。
⑥ 去来今：过去、将来、眼前。

简　评

　　诗歌没有卑微的题材。这首诗写秋蚊，首联是形容，无关于妙处。颔联由蚊子的吸血想到贪、贪官；由蚊子吸血的喙想到刺、刺客；由秋蚊的惶惶不可终日，想到贪官的倒霉、刺客的年老，则令人拍案叫绝。非有悲悯情怀的人，是不能够想到的。最后两句"怜他小虫豸，也有去来今"，此所谓世法平等，诗心之所以通于佛心也。如此诗，始可谓仁者之诗，岂卑微哉？

马嵬[①]

　　　　　　　　　　　　　袁　枚

莫唱当年长恨歌[②]，人间亦自有银河。
石壕村里夫妻别[③]，泪比长生殿上多[④]。

注　释

　　①马嵬：马嵬坡，在陕西兴平西。安史之乱时，唐玄宗幸蜀至此，在扈行将士的胁迫下，赐死杨贵妃。
　　②长恨歌：唐白居易所作关于唐玄宗与杨贵妃生死之恋的长篇叙事诗。
　　③石壕村：唐杜甫《石壕吏》记录了安史之乱中，战时征兵，造成一对老年夫妻的生离死别。
　　④长生殿：唐代宫名，旧址在陕西骊山华清宫内，是唐玄宗与杨贵妃发誓要"世世为夫妇"的地方。

简　评

　　这首诗作于乾隆十七年（1752年）诗人赴陕西经过马嵬坡时。白居易《长恨歌》被人广为传诵，以至于后人写马嵬的题材总是立足于杨贵妃和玄宗的恩怨。诗人却别出心裁，用杜甫《石壕吏》和《长恨歌》做对比，用人民的疾苦和帝王贵妃的逸乐做对比，写出"石壕村里夫妻别，泪比长生殿上多"，两句短诗表达的内容之深沉，可以说是前无古人，后启来者。诗人写过大量吊古的诗篇，特别是有关男女之情的内容，没有一篇比得上这首诗的深沉厚重，因此这首诗也成为诗人的代表作之一。

咏钱（其三）

袁枚

人生薪水寻常事，动辄烦君我亦愁①。
解用何尝非俊物②，不谈未必定清流③。
空劳姹女千回数④，屡见铜山一夕休⑤。
拟把婆心向天奏⑥，九州添设富民侯⑦。

注　释

①人生薪水寻常事，动辄烦君我亦愁：人们在日常生活中像柴、水这样的小事，都离不开钱。君，指钱。
②解用：会用。俊物：好东西。
③不谈未必定清流：西晋王衍口不谈钱却非清流。《世说新语·规箴》："王夷甫雅尚玄远，常嫉其妇贪浊，口未尝言钱。妇欲试之，令婢以钱绕床，不得行。夷甫晨起，见钱阁行，呼婢曰：'举阿堵物却！'"
④姹女千回数：《后汉书·五行志》载，东汉灵帝母永乐太后好敛财，京城童谣云："车班班，入河间，河间姹女工数钱。"
⑤铜山一夕休：《史记·佞幸列传》载，汉文帝曾赐宠臣邓通铜山（在今四川荣县北），让他自铸货币。景帝时，邓被抄家，穷饿而死。
⑥婆心：仁慈之心。
⑦九州：指中国，《尚书·禹贡》分中国为冀、兖、青、徐、扬、荆、梁、雍、豫九州。富民侯：封爵名，见《汉书·车千秋传》。

简　评

原诗六首，这是其中的一首。有道是，钱不是万能的，但没有钱是万万不能的。然而士大夫往往心虽好货,而口耻言钱。诗人的态度则是实话实说,也就是不装。一、二句坦言日常生活辄要钱花,这也是天经地义的事。三、四句说,钱是拿来用的,会用,何尝不是好东西?口不言钱若王衍者,多半只是矫情,未必就是清流名士。五、六句将两个关于钱的典故以"空劳""屡见"相勾勒,作成一个流水对,意思是有钱不会用,或舍不得用,徒为守财奴,往往到头是一场空。七、八句用时髦的话说,就是希望更多的人富起来。全诗立意新,入情入理,语言流畅,用典贴切,是咏物诗之佳作。

大姊索诗

袁枚

六旬谁把小名呼①,阿姊还能认故吾②。
见面恍疑慈母在,徐行全赖外孙扶。
当前共坐人如梦,此后重逢事恐无。
留住白头谈旧话,千金一刻对西湖③。

注 释

① 六旬:六十岁,指自己。
② 故吾:旧日的我。
③ 千金一刻:极言见面不易,时间宝贵。

简 评

既然是"大姊索诗",当然要"老妪能解"。全诗纯用口语。一、二句说,大姐就是大姐,见面居然能叫出自己的小名。自己年届"六旬",大姐已有外孙,定是古稀老人了吧。三、四句"慈母""外孙"对仗工整,确是写大姐。女儿本来就像母亲,越老则越像,所以"见面恍疑慈母在"。年过七十,腿脚不便,加上又是小脚,难怪"徐行全赖外孙扶"。第五句根据实感,从杜诗化出。第六句"此后重逢事恐无",是实话实说,包含几许感伤,所以动人。第七句是相看年老,姐弟见面有许多老故事要说,也包含希望大姐健康长寿的意思。第八句说见面不易,也点出与大姐见面地点是在杭州。全诗如秀才对大姐说家常话,内容丰富,细节动人,确是好诗。

苔①

袁枚

白日不到处,青春恰自来②。
苔花如米小,也学牡丹开。

注 释

① 苔:苔藓。
② 青春:指苔藓青葱之色。

简 评

这是一首寓目兴怀、涉笔成趣的小诗。苔藓多寄生在阴暗潮湿的地方,故曰"白日不到处";然而却是绿意可人,颜色青葱鲜美。"恰自来",是说它的"青春"是与生俱来。谁注意过苔花呢?没人注意过,因为太小太小。"苔花如米小"是实话实说;"也学牡丹开"是出其不意,是一大发明。"也学"二字是谦虚,也是骄傲。苔花是如此不起眼,却并不在意,就像萤火一样,有一分热,发一分光,这种精神不也值得赞美吗?韩愈说:"以鸟鸣春""以虫鸣秋"。契诃夫说:"有大狗,有小狗,小狗不该因为大狗的存在而心慌意乱。所有的狗都应该叫,就让它们各自用上帝给它的声音叫好了。"其言虽小,可以喻大。

所见①

袁枚

牧童骑黄牛,歌声振林樾②。
意欲捕鸣蝉③,忽然闭口立。

注　释

①所见:指诗人偶然看见的事。
②振:震荡。樾:路旁遮阴的树。
③意欲:想要。鸣蝉:鸣叫的知了。

简　评

　　这是一首童趣诗。诗中有两个声音,一个是牧童的歌声,一个是知了的叫声。"牧童骑黄牛"二句写牧童放牛时,大声地唱着歌,歌声无拘无束,响彻林荫,这时听不见知了的叫声。"意欲捕鸣蝉"二句写歌声骤止,突显出的是知了的叫声。诗人看见:牧童让牛在一棵树下站定,他自个儿呢,小心翼翼从牛背上站了起来(这才够高)。于是,诗人知道了他的想法:"意欲捕鸣蝉"。全诗抓住牧童歌声的突然停止及人物姿态的变化,迅速破解了人物的动机。苏轼《高邮陈直躬处士画雁》云:"君从何处看,得此无人态。"所谓"无人态",即天真之态。这首诗就妙在得无人之态。

遣兴（其一）①

袁枚

爱好由来落笔难，一诗千改始心安。
阿婆还似初笄女，头未梳成不许看②。

注　释

①遣兴：即随想，《遣兴》诗共二十四首，作于乾隆五十六年（1791年），诗人时年七十六岁。

②阿婆还似初笄（jī）女，头未梳成不许看：比喻老年作诗，还似少时用心。初笄，古代女子年满十五岁，称"及笄"。头未梳成，喻诗未改定。

简　评

这一首专说改诗。有人说："好作品不是写出来的，而是改出来的。"这话也要分情况。如果写了一首诗，立意、措辞乏善可陈，不如干脆划掉，下次再来。不好的诗是不可改的。如果写了一首诗，觉得意趣真切，只是有些粗糙，构思、措辞、音韵还不到位、不够味，那就改吧。"爱好由来落笔难"二句，说"千改"夸张了一点，总得改了又改，直到自己满意为止。在改诗的过程中，去体会刮垢磨光的乐趣。"阿婆还似初笄女"二句，设喻甚妙，人都成了诗翁，诗没改好，绝不肯示人，这不是"爱好"又是什么呢？常言道："爱好是最好的老师"，看来还有另一种解释。

遣兴（其二）

袁枚

但肯寻诗便有诗，灵犀一点是吾师①。
夕阳芳草寻常物，解用多为绝妙词。

注　释

①灵犀一点：指性灵，旧说犀牛角中有白纹如线直通两头，感觉灵敏。李商隐《无题》："心有灵犀一点通。"

简　评

这一首专说诗歌的意象。开篇"但肯寻诗便有诗"便发人所未发。通常认为诗不能硬作，要有兴会才行；诗人却认为，诗要肯作才有，兴会是等不来的。第二句化用李商隐诗句"心有灵犀一点通"（"是吾师"三字趁韵）。什么是"通"？想象与联想是"通"，是此物与彼物的相通；通感也是"通"，是视觉、听觉与触觉等感觉的相通。三、四句进一步阐释。"夕阳""芳草"代表诗歌意象。不入诗时，只是普普通通两个名词，即"寻常物"；一旦入诗则有可能成为"绝妙词"。从"寻常物"到"绝妙词"的飞跃，关键在于"解用"。例如范仲淹的"芳草无情，更在斜阳外"（《苏幕遮》），就用了"夕阳""芳草"这两个意象，却通于"平芜尽处是春山，行人更在春山外"（欧阳修《踏莎行》）那样的意思，读后余味无穷，自是绝妙好辞。

套驹

赵翼

儿驹三岁未受羁①,不知身要为人骑。
跳梁川谷龁原野②,狂嘶憨走如骄儿。
驱来营前不鞍鞯,掉尾呼群共游戏③。
傍看他马困鞦鞚④,自以萧闲矜得意⑤。
谁何健者番少年⑥,手持长竿不持鞭。
竿头有绳作圈套,可以络马使就牵。
别乘一骑入其队,儿驹见之欲惊溃。
一竿早系驹首来,舍所乘马跨其背。
可怜此驹那肯縶⑦,愕跳而起如人立。
如人直立人转横,人骣而骑势真急⑧。
两足夹无及上钩⑨,一身簸若箕前粒⑩。
左旋右折上下掀,短衣乱翻露裤褶⑪。
握鬃伏鼠何晏然,衔勒早向驹口穿。
才穿便觉气降伏,弭帖随人为转旋。
由来此物供人走,教駣非夸好身手⑫。
骤旋不嫌令太速⑬,利导贵因性所有⑭。

作　者

　　赵翼（1727年—1814年）,字云崧,一字耘崧,号瓯北,江苏阳湖（今属江苏）人。乾隆二十六年（1761年）进士,授翰林院编修。官至贵西兵备道。后辞官归乡，主讲安定书院。精治史学，考据精赅。论诗主张独创，反对模拟。其诗与蒋士铨、袁枚齐名。有《瓯北诗集》《瓯北诗话》《廿二史札记》《陔余丛考》等。

注　释

① 儿驹：小马。
② 跳梁：跳跃。
③ 掉尾：摇尾。
④ 鞦靮（qiūdí）：泛指缰绳。鞦是络在马股上的皮带，靮是马缰。
⑤ 萧闲：自由自在的样子。矜：自夸。
⑥ 谁何健者番少年：矫健的人是谁？是北方民族的少年。谁何，是谁，二字同义并用。
⑦ 絷（zhí）：用绳索绊住马脚。
⑧ 骣（chǎn）而骑：骑马不加鞍辔。
⑨ 殳（shū）：戟柄。钩：指戟上的分枝。
⑩ 簸：摇动。
⑪ 袴褶（kùxí）：古代戎衣的别名。上穿褶而下着袴，其外不复加裘裳。
⑫ 駣（táo）：三岁的马。
⑬ 骤旋：急速旋转。
⑭ 利导：因势利导。

简　评

乾隆二十一年（1756年），诗人随从皇帝至木兰围场。围场在今河北，乾隆皇帝来此，蒙古诸藩皆从。此诗即当时所作《行围即景》之一，主要叙述蒙古少年驯马的技术。题材别致，描写生动，颇具生活哲理。前八句写儿驹（小马）在衔勒穿口之前种种逍遥自在的神情，为下文少年驯马非易预做铺垫，备极细致。"谁向健者番少年"以下二十句写蒙古健儿驯马的经过，是诗的中心段落，写得十分精彩。诗人无疑借鉴了唐代卢纶《腊日观咸宁王部曲娑勒擒虎歌》的手法，如同高明的摄影师运用快门抓拍下最关键的镜头，使人感到惊心动魄。以"一身簸若箕前粒"形容骑手上下颠簸而终在马背，状难写之景，是富于创造性的奇喻。

最后四句写诗人的观感,他觉得蒙古少年技术诚不寻常,尤贵于了解马的本性,并能因势利导,掌握运用规律,方才稳操胜券,富于哲理性。这首诗在驾驭语言方面,适当借鉴了散文的语法,从容道来,井井有条,令人觉其笔端有口,善于追捕。无论叙事、议论、说明,都能恰到好处,称得上是清代叙事诗中的短篇力作。

论诗

赵翼

李杜诗篇万口传①,至今已觉不新鲜。
江山代有才人出②,各领风骚数百年③。

注 释

①李杜:李白和杜甫。
②江山:指国家。代有才人出:每一代都会涌现有才华的人。
③领:引领。风骚:风指《诗经》中的国风,骚指屈原的《离骚》,后来泛指文学,代指文学创作。

简 评

这首诗反对厚古薄今。能否传世,是衡量作品好坏的硬道理。首句标榜"李杜诗篇",是占领话题的制高点,称其"万口传",就是对李杜的最好赞誉。第二句转折道:"至今已觉不新鲜。"上句一扬,这句一抑,反差极大,当然可以"抬杠",要说李杜诗"常读常新"也是可以的。但诗人这样讲,也有他的道理,那就是新时代新生活,有很多是古人无法梦见的,"预支五百年新意,到了千年也觉陈"。"不新鲜"这话可能有些过情,然不过情,语不足惊人。这是预为铺垫,为了三、四句的堂堂之论:"江山代有才人出,各领风骚数百年。"这两句不但振聋发聩、无可辩驳,而且是道人所未道,比杜甫论诗七绝毫不逊色。所以自从它写出那一天,就得到口口相传,到如今也是万口流传了。

安宁道中即事①

王文治

夜来春雨润垂杨②,春水新生不满塘。
日暮平原风过处,菜花香杂豆花香。

作　者

王文治(1730年—1802年),字禹卿,号梦楼,江苏丹徒(今属江苏镇江)人。乾隆三十五年(1770年)进士,曾任翰林院编修、侍读及云南临安府知府等官。有《梦楼诗集》。

注　释

①安宁:今云南安宁。即事:遇事入咏。
②润:滋润。垂杨:枝条低垂的杨柳。

简　评

这是一首描绘春天郊野美丽风光,抒发内心愉快的作品。"夜来春雨润垂杨"二句写春雨之后塘边景色,所写全属视觉愉悦感。"日暮平原风过处"二句所写全是嗅觉的快感。春日郊原,百花盛开,桃李飘香。而诗人偏偏只抉出"菜花香"和"豆花香"来写,是因为他身在田野阡陌上,这时只嗅到菜花、豆花的清香,应是实感,拈来自好。一个"杂"字写出辨味之细。而在此同时,诗人为农家将有一个好的收成而喜悦之情,也不言而喻。此外,"风过处"三字亦下得好,盖庄稼的花粉和气息是随风传送的，往往在风过的时候，香味最浓，最使人心醉。诗句虽然直接写香，但能使人如见菜花的黄、豆花的蓝，而感到美不胜收。

杂感①

黄景仁

仙佛茫茫两未成，只知独夜不平鸣②。
风蓬飘尽悲歌气③，泥絮沾来薄幸名④。
十有九人堪白眼⑤，百无一用是书生⑥。
莫因诗卷愁成谶，春鸟秋虫自作声⑦。

作　者

黄景仁（1749年—1783年），字汉镛，一字仲则，号鹿菲子，武进（今属江苏）人。曾游安徽学政朱筠幕。清高宗南巡召试名列二等，授武英殿书签官。后授县丞，未到任而卒。早孤家贫，平生怀才不遇，有狂名。工诗。以奇肆新警见长，颇有李白之风。亦工词。著有《两当轩全集》。

注　释

①杂感：零星的感想。
②不平鸣：韩愈《送孟东野序》："大凡物不得其平则鸣。"
③风蓬：蓬草随风飘转，自喻踪迹不定。
④泥絮：被泥水沾湿的柳絮，比喻不会再轻狂。宋僧道潜《口占绝句》："禅心已作沾泥絮，不逐东风上下狂。"薄幸：对女子负心。杜牧《遣怀》："十年一觉扬州梦，赢得青楼薄幸名。"
⑤白眼：翻白眼，鄙视的眼神。
⑥书生：诗人自谓。
⑦莫因诗卷愁成谶（chèn），春鸟秋虫自作声：黄景仁自注："或戒以吟苦

非福,谢之而已。"韩愈《送孟东野序》:"是故以鸟鸣春,以雷鸣夏,以虫鸣秋,以风鸣冬……其必有不得其平者乎!"谶,预示凶吉的隐语。

简　评

　　题为"杂感",主要是自伤怀才不遇,"只知独夜不平鸣"是主题句。要写好一首七律,关键是对仗出彩。此诗颔联的"泥絮沾来薄幸名"是说流言的无中生有,笔端驱使唐宋,却翻出新意。颈联"十有九人堪白眼,百无一用是书生",更是清诗的头等的名句。平常口语,道出了古往今来读书人共有的辛酸,在自嘲的同时,寄寓了极大的悲愤力量。"十""九""百""一"数字作对,天然凑泊,选字即是锤炼,妙处令人称绝。诗人读书受用,结句"春鸟秋虫自作声"语出韩愈诗,自然贴切,颇见熔铸之妙。

绮怀(其十五)①

黄景仁

几回花下坐吹箫,银汉红墙入望遥②。
似此星辰非昨夜③,为谁风露立中宵④。
缠绵思尽抽残茧,宛转心伤剥后蕉⑤。
三五年时三五月⑥,可怜杯酒不曾消。

注　释

　　①绮怀:柔美的情怀。本诗题下有组诗十六首,本李商隐《无题》而有所创造。绮,有花纹的丝织品。
　　②银汉红墙:喻女子闺房像银河一样遥不可及。银汉,银河。红墙,指女子的闺房。李商隐《代应》:"本来银汉是红墙,隔得卢家白玉堂。"
　　③星辰:李商隐《无题》:"昨夜星辰昨夜风,画楼西畔桂堂东。"
　　④风露:高启《芦雁图》:"沙阔水寒鱼不见,满身风露立多时。"

⑤思、心：谐音丝、芯，皆双关语。李商隐《无题》："春蚕到死丝方尽，蜡炬成灰泪始干。"

⑥三五年：即及笄之年，十五岁。三五月：指十五月圆之夜。

简　评

　　这首诗写爱情失落而无处寻觅的绝望。诗人年轻时与表妹两情相悦，却并无结果，成为心中一个情结。"几回花下坐吹箫"二句，写初恋在记忆中的一个片段，一方面是对未来的憧憬，一方面是咫尺千里的心理距离。"似此星辰非昨夜，为谁风露立中宵"是记忆中另一个片段，主人公独立中庭，仰望星空，全不管露水打湿了衣裳。这是诗中最警策的一联，熔铸前人名句，自成流水对，堪称与古为新。"缠绵思尽抽残茧"二句是抒怀，亦是借古人的酒杯，浇自己的块垒。"三五年时三五月"乃自作语，两个"三五"映带成趣。最后一句即"举杯消愁愁更愁"之意。法国诗人缪塞所说："最美丽的诗歌是最绝望的诗歌，有些不朽的篇章是纯粹的眼泪。"虽然绝望，却有很高的审美价值。

都门秋思①

黄景仁

五剧车声隐若雷②，北邙惟见冢千堆③。
夕阳劝客登楼去，山色将秋绕郭来。
寒甚更无修竹倚④，愁多思买白杨栽⑤。
全家都在风声里，九月衣裳未剪裁⑥。

注　释

①都门：指北京。秋思：秋日的愁思。

②五剧：纵横交错的道路，《尔雅·释宫》："今南阳冠军乐乡，数道交错，

俗呼之五剧乡。"卢照邻《长安古意》："五剧三条控三市。"

③北邙（máng）：山名，在今河南洛阳，汉魏以来，王侯公卿贵族多葬于此，后因常以泛指墓地。

④修竹倚：杜甫《佳人》："天寒翠袖薄，日暮倚修竹。"

⑤白杨：树名，常与悲风相连的诗歌意象，《古诗十九首》："驱车上东门，遥望郭北墓。白杨何萧萧，松柏夹广路。"

⑥九月：古代庄园放发冬衣的季节，《诗经·豳风·七月》："七月流火，九月授衣。"

简 评

诗作于乾隆四十二年（1777年）秋。是年，仲则移家来京师（今北京）。"五剧车声隐若雷"二句，以"五剧""北邙"作对比，意言今日冢中枯骨，即当年之公卿王侯，富贵权势何可恃耶？"夕阳劝客登楼去"二句写秋日黄昏的景象，谓登楼望远也不能消忧。"寒甚更无修竹倚"二句，借"修竹"与"白杨"，表现诗人的节操与愁思：上句用加一倍手法，自形愁苦有甚于杜诗中的佳人；下句思种白杨，意在借以释放忧郁，皆人所未道语。"全家都在风声里"二句是历来传诵最为广泛的佳句，诗人反用诗经"九月授衣"之意，说全家都在秋风中瑟缩，御寒的冬衣八字尚无一撇。既出自肺腑，又用典精切。晚清李伯元赞道："意极荒凉，而语极雄健。"（《李伯元研究资料》）是以传世。

少年行①

黄景仁

男儿作健向沙场②，自爱登台不望乡。
太白高高天尺五③，宝刀明月共辉光。

注　释

①少年行：乐府诗题，内容多咏少年轻生重义、任侠游乐之事。
②作健：大显身手，北朝乐府《企喻歌》："男儿欲作健。"沙场：战场。
③太白：山名，在今陕西眉县东南，《三秦记》："武功太白，去天三百。"天尺五：离天一尺五，极写山高。

简　评

此诗作于乾隆三十一年（1766年）冬，诗人时年十八。游学扬州，意气风发。一、二句写主人公登上高台，四顾苍茫。"不望乡"非不思念故乡也，是男儿志在四方也。"太白高高天尺五"二句，是借去天一尺五的太白山映衬自己豪迈的气概，以共明月争光的宝刀刻画自己飒爽的雄姿。太白山乃秦岭主峰，身处扬州的诗人是视通万里，想起"武功太白，去天三百""城南韦杜，去天尺五"之类的古谣，顺手拈入诗中。塑造出一位欲为国效力、驰骋沙场、建功立业的英雄少年形象。全诗激昂慷慨，是诗人早年的佳作。

羹颉侯冢①

黄景仁

掩釜何如栎釜来②，区区恩怨事堪咍③。
可知大度输臣叔④，肯向军前乞一杯⑤。

注　释

①羹颉侯：一作颉羹侯，《史记·楚元王世家》："高祖微时，尝辟事，时时与宾客过巨嫂食。嫂厌叔，叔与客来，嫂详为羹尽，栎釜，宾客以故去。已而视釜中尚有羹，高祖由此怨其嫂。及高祖为帝，封昆弟，而伯子独不得封。太上皇以为言，高祖曰：'某非忘封之也，为其母不长者耳。'于是乃封其子信为羹颉侯。"颉，刮。谓困窘有类刮釜底羹为食。冢：坟墓。

②掩釜：盖上锅盖。栎（lì）釜：用锅铲刮锅。
③区区：琐细，不重要。咍（hāi）：讥笑。
④大度：气量大。臣叔：指刘邦，对大嫂来说是小叔子。臣，指刘邦的大嫂。
⑤肯向军前乞一杯：刘邦和项羽对峙于广武战场里，项羽以烹刘父相要挟，刘邦说："吾与项羽俱北面受命怀王，曰'约为兄弟'，吾翁即若翁，必欲烹而翁，则幸分我一杯羹。"

简　评

刘邦做皇帝以后，对长房侄子进行封赏的同时予以羞辱，是历史上的一大异闻。事件牵涉到刘邦与大嫂早年的恩怨。事由是：刘邦常带人到大嫂家蹭饭，有一次"嫂详为羹尽，栎釜，宾客以故去"，使刘邦丢了面子。所以他指责大嫂不大度（不长者），非予报复不可。然而诗人拈出广武之战一事：在刘太公即将就烹之际，刘邦为不示弱，居然求项羽"分一杯羹"，弄得项羽哭笑不得而作罢。诗人反唇相讥道：到底还是这个小叔子比较"大度"。全诗选题独到，联想巧妙，讽刺辛辣，有想不到的好。

别老母

黄景仁

搴帏拜母河梁去①，自发愁看泪眼枯②。
惨惨柴门风雪夜③，此时有子不如无。

注　释

①搴帏（qiānwéi）：掀起门帘，出门。河梁：桥，替代送别地。
②枯：干涸。
③惨惨：幽暗无光。柴门：用柴木做的门，指贫苦人家。

简　评

　　此诗作于乾隆三十六年（1771年）初春，诗人时年二十三岁。由于当时家贫，诗人拟往安徽投奔太平知府沈既堂，遂不得不辞别家人，临行前写了《别老母》等诗。诗中写的是一位白发苍苍、卧病在床的老母，面对掀开帷帐和她道别的儿子，想到他就要在这个风雪之夜重上河梁，一滴昏黄的老泪便从紧闭的眼角淌下来，其心情之惨苦又将如何。世人谁不为儿为女？有子不如无，是说不过去的。但诗人用"此时"加以限制，道"此时有子不如无"，则成为警策之语。它不是出于老亲的痛心，而是出于人子之心的羞惭，所谓"生我不得力"。世间有老亲卧病，而天各一方，不能亲侍汤药而赡养之者，读本篇应有同感。

新安滩①

黄景仁

一滩复一滩，一滩高十丈②。
三百六十滩③，新安在天上。

注　释

　　①新安滩：源出于今安徽黄山境内，属浙江富春江的上游，江流自安徽到浙江淳安、桐庐段，又名新安江。上下游落差极大，所以江中多滩。
　　②十丈：谓落差大，非实数。
　　③三百六十滩：极言滩多，非实数。

简　评

　　这首诗作于乾隆三十八年（1773年）的秋天，诗人当时从杭州坐船去新安，是逆水行船。诗用浅显的语言、夸张的手法，有力地表现出新安江地势的险峻，富有乐府民歌的风味。五绝离首即尾，着不得学问力气，民间诗人，往往天机清妙，复接地气，故措辞天真。如同南朝乐府《懊侬歌》之纯用减法，而这首诗则纯用乘法。诗中妙用叠字、顶真等修辞，"一滩"重复三次，"滩"字重复四次，用了八个数字。"十"乘"三百六十"之积应为"三千六百"，然诗人去实就虚，不说积数，而说"新安在天上"，使诗意高度升华，纯乎天籁，较《懊侬歌》更妙。

老翁卖牛行

袁承福

老翁卖牛手持饼，持饼食牛抱牛颈①。
念牛力作多年功，洒泪别牛心不忍。
今年有牛无田耕②，明年有田无牛耕③。
今年牛贱人皆卖，明年牛贵人皆争。
此牛卖去田难种，恨不与牛同死生。
洪水滔滔四宇逼④，人兮牛兮两无食。
劝翁努力活荒年，卖儿卖女尤堪惜。
回首视牛牛眼红⑤，吐饼不食心恋翁。
买牛人自鞭牛去，老翁泪湿东西路。

作　　者

袁承福（1759年—1818年），字成之，东台（今属江苏）人。诸生。

注　　释

① 食牛：饲牛。

② 今年有牛无田耕：今年无田耕，是因为田地被大水淹了。
③ 明年有田无牛耕：明年无牛耕，是因为牛被卖掉了。
④ 四字逼：上下四方空间狭窄，描写水势泛滥。
⑤ 牛眼红：牛因流泪而眼红。

简　评

　　此诗写在严重自然灾害肆虐之下，一位老农被迫卖牛的悲痛情事。"洪水滔滔四字逼"，农民无法从事正常的生产活动，为了维持生计、苟全性命，不得不将心爱的耕牛贱卖给牛贩子，甚至屠户。至于明年的春耕生产如何进行，他们是顾不上了。或许由于耕牛的减少，明春的牛价将十分昂贵，到时也许不得不再设法买或租用，然而眼下牛价虽贱，可是还有人急于脱手。这就是无情的社会现实。没有对社会生活的深入了解、对民情的深入洞察，写不出如此深刻有力的挖肉补疮的现实悲剧。诗人还借旁人宽解的口气，揭露了更多更悲惨的"卖儿卖女"的社会悲剧。诗中运用重复的修辞，"牛"字出现达十六次之多，造成一种反复唱叹的韵味，老翁摇头叹气，喁喁自语之态如见。诗以老翁持饼饲牛开端，而以牛的吐饼不食、人牛分手结尾，前后照应，在结构上裁缝密合，滴水不漏，亦见笔力。

读桃花扇传奇偶题（其一）①

张问陶

　　竟指秦淮作战场，美人扇上写兴亡②。
　　两朝应举侯公子③，忍对桃花说李香④。

作　者

　　张问陶（1764年—1814年），字仲冶，号船山，遂宁（今属四川）人。乾隆五十五年（1790年）进士，授翰林院庶吉士，散馆授检讨。历官监察御史、吏部郎中、山东莱州知府。论诗主张抒写性情，诗风与袁枚相近，所作清新空灵。有《船山诗草》。

注　释

①桃花扇传奇：孔尚任创作的历史剧，以明末"复社"文人侯方域和秦淮名妓李香君的爱情故事为线索，反映南明弘光朝政权的腐败及灭亡。剧中李香君因拒绝权贵田仰的逼娶，而以头触壁，血溅与侯生定情的诗扇，杨文骢把血迹点染画成桃花，故称"桃花扇"。

②竟指秦淮作战场，美人扇上写兴亡：概括剧情，即清兵南下，南京弘光朝灭亡之事。美人扇，即桃花扇。

③两朝应举侯公子：指侯方域在明朝应试，入清后又出应河南乡试，中副榜举人。侯公子，指侯方域。

④忍对：愧对。李香：指李香君。

简　评

《读桃花扇传奇偶题》组诗七绝共八首，这是其中的一首。明清易代之际，一些饱读圣贤书的大名士如吴伟业、钱谦益、侯方域等，大都采取实用主义的态度，不但活命第一，而且与新政权合作，为世人所诟病。传奇的结局与生角原型侯方域的表现，颇不相符。事实上，侯在明亡后即改变立场，主动参加了清廷举办的河南乡试。这首诗就抓住这一点做文章，对剧中男主人公原型的侯方域做了灵魂拷问。一、二句展示传奇的历史背景。第三句笔锋一转，"两朝应举"是直揭老底，为剧情所无。最后一句更将侯方域与《李姬传》中的李香君作对比，是以子之矛，攻子之盾。"忍对桃花说李香"，等于是说：由侯方域来赞美李香君，其实不配！句中以"桃花"与"李香"相映带，是措辞之妙，赋诗句以形式美，为全诗生色不少。

吴兴杂诗[①]

阮元

交流四水抱城斜[②],散作千溪遍万家[③]。
深处种菱浅种稻[④],不深不浅种荷花。

作　者

阮元（1764年—1849年），字伯元，号芸台，仪征（今属江苏）人。乾隆五十四年（1789年）进士，选翰林院庶吉士，散馆授编修。历官两广、云贵总督，体仁阁大学士，致仕，加太傅。谥号文达。平生以治经学、考据著称。编刻的书甚多。其诗出入中晚唐及两宋。有《研经室集》。

注　释

① 吴兴：今属浙江。杂诗：绝句的别称。
② 四水：苕溪、霅溪、苎溪、吴兴塘。一说指东、西苕溪，霅溪，运河。抱城斜（xiá）：绕着城斜流。斜，指环城河流与城墙方向并不平行。
③ 千溪：很多条流水。这句中的"千""万"皆表示数量多，非确数。
④ 深处：水深的地方。菱：水生草本植物，果实菱角可食。

简　评

这首诗描写吴兴美丽的田园风光。"交流四水抱城斜"二句，写吴兴地处水乡的特殊的水文条件，用了三个数词："四水"是主干，"千溪"是支流，"万家"则意味着更多的支流。通过"交流""散作""遍"等动词勾勒，收尽吴兴水乡风光。"深处种菱浅种稻"二句，写水乡农作物及其特点，给读者呈现了一派富庶的景象，各种水生作物互相间杂，给人美不胜收之感。从语言风韵看，这两句也极有意趣："深处""浅处"，相反相成，已给人有唱叹宕跌、无限妍媚之感；殊不知诗人能事未尽，又写出一个"不深不浅",似乎对上句来了个折中,表现出绝妙的平衡,实际上又推出一层唱叹之音,使这首诗洋洋乎愈歌愈妙。

三元里①

张维屏

三元里前声若雷②,千众万众同时来。
因义生愤愤生勇,乡民合力强徒摧。
家室田庐须保卫,不待鼓声群作气③。
妇女齐心亦健儿,犁锄在手皆兵器④。
乡分远近旗斑斓,什队百队沿溪山。
众夷相视忽变色⑤,黑旗死仗难生还⑥。
夷兵所恃惟枪炮,人心合处天心到⑦。
晴空骤雨忽倾盆,凶夷无所施其暴。
岂特火器无所施,夷足不惯行滑泥。
下者田塍苦踯躅⑧,高者冈阜愁颠挤⑨。
中有夷酋貌尤丑⑩,象皮作甲裹身厚。
一戈已撬长狄喉,十日犹悬郅支首⑪。
纷然欲遁无双翅,歼厥渠魁真易事⑫。
不解何由巨网开,枯鱼竟得攸然逝⑬。
魏绛和戎且解忧⑭,风人慷慨赋同仇⑮。
如何全盛金瓯日,却类金缯岁币谋⑯。

作　者

张维屏（1780年—1859年），字子树，一字南山，号松心子，番禺（今属广东）人。道光二年（1822年）进士。曾任黄梅、广济、太初等县知县，襄阳府同知，江西袁州府同知，吉安府通判，南康府知府等官。工书，通医学，尤工诗。与林则徐、黄爵滋、龚自珍、魏源等组织"宣南诗社"。晚年隐居故里，闭门著述。辑有《国朝诗人征略》。

注　释

①三元里：地名，在今广东广州市西北郊。1841年5月，正当清廷代表奕山向英军求降，签订了丧权辱国的《广州和约》，议定七日内向英方缴纳六百万银元赎城费时，广州城北郊三元里附近一百零三乡人民却自发组织"平英团"，奋起给侵略军以沉重打击，揭开了近代史上人民群众大规模武装反抗外来侵略斗争的序幕。

②声若雷：喻声势之大。

③鼓声群作气：《左传·庄公十年》："夫战，勇气也，一鼓作气，再而衰，三而竭。"

④妇女齐心亦健儿，犁锄在手皆兵器：李福祥《三元里打仗日记》："逆夷由三元里过牛栏岗抢劫，予闻锣声不绝……不转眼间，来会者众数万，刀斧犁锄，在手即成军器，儿童妇女，喊声亦助军威。"

⑤夷：这里指英军。

⑥黑旗死仗难生还：自注："夷打死仗则用黑旗，适有执神庙七星旗者，夷惊曰：'打死仗者至矣！'"

⑦人心合处天心到：意为人心齐，老天也来保佑。指下文天降大雨，英军火炮失灵，行走不便。

⑧塍（chéng）：田间的土埂子。踯躅（zhízhú）：徘徊不前，比喻行路艰难。

⑨高者冈阜愁颠挤：在高处的人又提心吊胆地怕掉下来。冈阜，山丘。颠挤，即颠跻，坠落。

⑩夷酋：指英国军官伯麦，梁廷楠《夷氛闻记》三："伯麦身肥体健，首大如斗。"

⑪ 戈已㨚（chōng）长狄喉，十日犹悬郫（zhì）支首：英军少校毕霞等被刺死，悬首数日。《左传·文公十一年》："获长狄侨如，富父终甥㨚其喉，以戈，

杀之。"椿，刺。长狄，古代北狄的一种。悬郅支首，汉元帝时，西域都护甘延寿等人，杀匈奴郅支骨都侯单于，悬其首于蛮夷邸门。车骑将军许嘉、右将军王商以为宜悬十日（见《汉书·陈汤传》）。

⑫ 歼厥渠魁：打击首要的罪犯。语出《尚书·胤征》："歼厥渠魁，胁从罔治。"渠魁，首领。

⑬ 不解何由巨网开，枯鱼竟得攸然逝：英军龟缩四方炮台，数万群众团团围住，正待全歼。英军派汉奸混出重围，带信恐吓清廷派往广东的靖逆将军奕山，奕山派广州知府余保纯，用各种欺骗手段将村民驱散，英军得以解围。枯鱼，困于涸辙中的鱼，此指英军。

⑭ 魏绛和戎且解忧：指清政府投降派与敌人议和事。魏绛，春秋时晋国大夫，力主和戎有五利。晋悼公采纳了其意见，与诸戎族订盟，保证了晋国国势的强盛。（事见《左传·襄公四年》）这里是反其意而用之。

⑮ 风人：诗人。同仇：《诗经·秦风·无衣》有"与子同仇"句。

⑯ 如何全盛金瓯（ōu）日，却类金缯（zēng）岁币谋：斥责投降派在国家强盛的情况下，还像北宋对待辽、金一样，每年输纳大量钱物求和。金瓯，喻国家疆土完固。《南史·朱异传》："我国家犹若金瓯，无一伤缺。"金缯，金银丝绢。岁币，指朝廷每年向外族输纳的银两。按《广州和约》议定：七日之内，向英国侵略军缴广州赎城费六百万银元，赔偿英国商馆损失三十万元，清军退出广州城六十里之外。

简　　评

在中国近代史上，三元里人民的抗英斗争是光辉的一页。"三元里前声若雷"以下十二句写牛栏岗之战。1841 年 5 月 30 日，数百名英军在三元里村外的牛栏岗被愤怒的村民围住，"平英团"从四面八方潮水般涌来，分进合击，以歼英军。"夷兵所恃惟枪炮"以下八句写作战借助了有利气候条件，"平英团"天时、地利、人和兼备，大获全胜。"中有夷酋貌尤丑"以下四句写英军少校毕霞被击毙且悬首数日，以典型事例概括辉煌战果。"纷然欲遁无双翅"以下八句写清廷官吏在抗英战斗获胜的情况下，反而向敌人示弱，断送了人民群众抗英战斗的成果。全诗如实记录，热情歌颂了三元里人民自发抗英的爱国行动，与此同时，对清廷奉行的投降政策进行了无情的揭露。诗中运用对比手法，民众的无畏与清廷的怯懦,爱国与卖国,形成鲜明对照,突出了歌颂和批判的双重主题。

漫感[①]

龚自珍

绝域从军计惘然[②],东南幽恨满词笺[③]。
一箫一剑平生意[④],负尽狂名十五年[⑤]。

作　者

龚自珍(1792年—1841年),一名巩祚,字璱人,号定庵,仁和(今浙江杭州)人。道光九年(1829年)进士。历官内阁中书、宗人府主事、礼部主事等职。年四十八辞官南归。五十岁卒于丹阳云阳书院。有《龚定庵全集》。

注　释

[①]漫感:随想。
[②]绝域:隔绝的地域,言其远,指边疆。惘然:失意的样子,指从军的愿望未能实现。
[③]东南:东南沿海一带,当时英、美、葡等国开始在广州、漳州、宁波进行经济掠夺。笺:小幅而精致的纸。
[④]一箫一剑:吹箫击剑是诗人少年时就有的两种爱好。
[⑤]负:辜负。十五年:从嘉庆十四年(1809年)算起,到写此诗时,前后正好十五年。

简　评

这首诗作于道光三年(1823年),诗人时充国史馆校对官。诗人年轻时即有从军建功的志愿,可惜没有实现,所以感到惘怅;又对鸦片战争失败充满幽恨。"一箫一剑"是诗人诗词中反复运用的意象，各自代表心中的幽怨和侠气，如《己亥杂诗》(其九十六)："少年击剑更吹箫，剑气箫心一例消。"《湘月》："怨去吹箫，狂来说剑，两样销魂味。"然诗人所处时代，却令其不能有更大作为。少年时因剑气箫心而得狂名，后来无所成就，所以辜负了这个狂名。话虽如此，诗人在《秋心》(其一)中写道："气寒西北何人剑，声满东南几处箫。"可见其剑气箫心非但没有消失，还扩大到对西北和东南局势的关注，其意义就更为深广了。

咏史

龚自珍

金粉东南十五州①，万重恩怨属名流②。
牢盆狎客操全算③，团扇才人踞上游④。
避席畏闻文字狱⑤，著书都为稻粱谋⑥。
田横五百人安在，难道归来尽列侯⑦？

注　释

①金粉：铅粉，古代妇女化妆品，此处指景象繁华。十五州：泛指长江下游地区。

②万重恩怨属(zhǔ)名流：指"名流"在名利场中猜忌争夺，恩怨重重。恩怨，恩怨情仇。属，连缀。名流，指当时社会上的头面人物。

③牢盆狎客操全算：在盐商家帮闲的清客和那些轻薄文人得操胜算。牢盆，古代煮盐器具，借指盐商。狎客，权贵豪富豢养的清客。

④团扇才人：指轻薄文人，按东晋豪族王导的孙子王珉，喜执团扇，性行放纵，虽任职中枢而不问政事。团扇，宫扇。才人，宫中女官名。踞上游：占据高位。

⑤避席：表示恭敬或畏惧离席而起，按古人席地而坐。文字狱：从诗文中摘取字句、罗织成罪，康熙、雍正、乾隆几代文字狱尤为厉害。

⑥为稻粱谋：为了衣食生计，杜甫《同诸公登慈恩寺塔》："君看随阳雁，各有稻粱谋。"

⑦田横：秦末人物，割据为齐王，刘邦建立汉朝后，田横带领五百多人逃往海岛。刘邦招降说："田横来，大者王，小者乃侯耳；不来，且举兵加诛焉。"田横来到离洛阳三十里处，终以称臣为耻，自刎而死。岛上五百人闻讯，亦自杀。见《史记·田儋列传》。列侯：爵位名，汉制王子封侯称诸侯，异姓功臣受封称列侯。这两句借田横门客故事讽刺统治者惯于欺骗及士大夫趋炎附势没有骨气。

简　评

这首诗作于道光五年（1825年）。时诗人因守母丧居杭州，期满后正客居江苏昆山一带，目睹了当时儒林形形色色的怪现状，不满于士风的败坏，而作此诗。一、二句表明所讽对象，无非当代"名流"而已。三、四句进而为"名流"画像，上句说善于奉承拍马之徒把持着盐政这样的要职；下句是说不学无术的贵族子弟官居高位。五、六句针对雍正、乾隆两朝的士大夫，他们中的不少人被文字狱吓破了胆，说话做事处处小心，动辄避席，表示敬畏；不少人钻进纸堆，脱离现实著书立说，以求保其俸禄。可见诗中所谓"名流"，其实都不过是些碌碌之辈而已。七、八句是说像田横五百士那样有骨气的、可杀而不可辱的人，如今还找得到一个半个吗？假若田横五百士屈节事汉，难道个个都能封侯吗？恐怕只能落得身名俱裂，为天下笑吧。诗人"咏史"，言在彼而意在此，对时下"名流"做了毒讽。诗中吸收市井语、新名词，如"牢盆""操全算""踞上游""文字狱"，等等，令人耳目一新。

己亥杂诗（其五）^①

龚自珍

浩荡离愁白日斜^②，吟鞭东指即天涯^③。
落红不是无情物^④，化作春泥更护花。

注　释

①己亥杂诗：诗人在己亥年（道光十九年，即1839年）辞官南归途中创作的三百一十五首组诗。自叙平生出处、著述、交游，或议时政、述见闻、思往事，题材十分广泛，是其代表作。
②浩荡：无限。离愁：指离别京都的愁思。
③吟鞭：诗人的马鞭。东指：指向故里。即：到。天涯：指极远的地方。
④落红：落花。

简　评

这首诗在《己亥杂诗》中原列第五，抒写辞官南归时的离愁和积极的人生态度。首句用"浩荡"来形容"离愁"的广大无边，"白日斜"并不单纯指离京的时间，而且象征着当时的国运与局势。第二句说自己一离京师，从此便如远隔天涯。刘禹锡诗"春明门外即天涯"，谓一出国门，即同天涯。"落红不是无情物"二句，由眼前飘零的落花联想到沦落的身世，引出的并不是对落红零落成泥碾作尘的消极感伤，而是一种积极的人生态度。诗人从日常生活中落花—春泥—护花的现象中得到启迪，创作出"化作春泥更护花"这一惊动千古的名句，将"落红"的深情升华到一个更高的带有自觉奉献精神和人生哲理的境界，包含了对自身生命的超越，也体现对人生价值更深更高一层的肯定。

己亥杂诗（其一二五）

龚自珍

九州生气恃风雷[①]，万马齐喑究可哀[②]。
我劝天公重抖擞[③]，不拘一格降人才[④]。

注　释

[①]生气：生气勃勃的气象。恃：依靠。
[②]万马齐喑（yīn）：比喻社会政局死气沉沉。喑，不作声。
[③]天公：造物主。抖擞：振作。
[④]降：降生。

简　评

这首诗在《己亥杂诗》中原列第一二五。诗人自注："过镇江，见赛玉皇及风神、雷神者，祷祠万数。道士乞撰青词。"诗人替道士写的青词，是供道教徒在斋醮仪式上献给"天神"的奏章表文，它是用朱笔写在青藤纸上，所以称"青词"，又叫"绿章"。这首诗就是作为青词的形式出现的。"九州生气恃风雷"二句，是赞美风神、雷神，说整个宇宙就是靠这二位神灵施威，才打破了沉闷局面，带来了激荡的生气。"我劝天公重抖擞"二句，是向玉皇大帝祈祷，恳请开恩，降生有本领的人来为下民消灾造福，确保国泰民安。按说，青词内容是"不问苍生问鬼神"的，而诗人偏偏反其道而行之，借鬼神，说苍生，把一个充满迷信色彩的祭神诗，写成呼风唤雨、鼓动性很强的政治诗，成为组诗中影响最大的名篇。

卖菜妇

姚燮

卖菜妇,街上行。上有白发姑①,下有三岁婴。卖菜卖菜,叫遍前街后街无一应②。昨日宜单衣,今日宜棉衣。棉衣已典③,无钱不可赎。娇儿瑟缩抱娘哭④,娘胸贴儿当儿衣,娘背风凄凄⑤。但愿儿暖儿勿哭,儿哭剜娘肉⑥。莫道赎衣无钱,床头有钱,床头有钱三十余。买得一升米,煮粥供堂上姑。余钱买麦饼,为儿哺⑦。得过且过,明日如何?明日天晴,卖菜街头行。明日天雨,妾苦不足语⑧,姑苦儿苦。

作　者

　　姚燮(1805年—1864年),字梅伯,号复庄,镇海(今属浙江)人。道光十四年(1834年)举人。通戏曲,好音乐,善画。有《大梅山馆集》等。

注　释

　　①白发姑:白头发的婆婆。
　　②应:应答声。
　　③典:抵押掉。
　　④瑟缩:冷得发抖、蜷缩。
　　⑤凄凄:很冷的样子。
　　⑥剜(wān):用刀子挖。
　　⑦为儿哺:作为孩子的食物。
　　⑧妾:古代妇女对自己的谦称。

简　评

　　这首诗写一位卖菜为生的农妇的悲惨境遇,为旧社会贫苦善良的劳动妇女的传神写照。诗中主人公是位寡妇:上有白发苍苍的婆婆,下有三岁学语的孩子,唯独没有提到丈夫,可见他已不在世上。一家三口的生活负担就沉重地压在她一个人的肩上。为了糊口,她不得不沿街叫卖。然而由于气候缘故,有时买主甚是少。虽是纯客观的轻描淡写,却以其高度的真实性,唤起读者的关切。诗人采用了民间口语入诗,人物语言的描摹尤为出色,平凡的絮语中,流露出伟大的母爱和孝心,在不到两百字的篇幅中塑造了一个有血有肉的形象。这首诗继承了汉唐代乐府诗的传统而又有所出新。

村居①

高鼎

草长莺飞二月天,拂堤杨柳醉春烟②。
儿童散学归来早③,忙趁东风放纸鸢④。

作　者

　　高鼎,生卒年不详,字象一,又字拙吾,仁和(今浙江杭州)人。

注　释

　　① 村居:住在农村。
　　② 拂堤杨柳:堤岸上的杨柳枝条拂到地面。醉:陶醉。春烟:春天的雾气。
　　③ 散学:放学。

④ 纸鸢：风筝。鸢，老鹰。风筝通常做成老鹰的样子。

简　评

　　这首诗写春天农村即目所见的景象，具有新鲜浓郁的生活气息：春光明媚，一群儿童正迎着东风，把风筝放上高高的蓝天。"草长莺飞二月天"二句写春景。诗人即目所见，遇景入咏。"醉"字很形象，很新颖，生动状出杨柳丝丝飘飘然使人陶醉的感觉。还有"拂堤"二字，已有春风吹拂之意，因此一年四季唯此时最宜于放风筝。"儿童散学归来早"二句写放风筝，这是天然宜于少年儿童的活动。诗人不写儿童放学后忙作业或忙家务，而是放风筝，不但是照顾到儿童活泼的天性，也间接写出家长的慈爱。

傲奴①

曾国藩

　　君不见萧郎老仆如家鸡，十年笞楚心不携②。君不见卓氏雄资冠西蜀，颐使千人百人伏③。今我何为独不然？胸中无学手无钱。平生意气自许颇④，谁知傲奴乃过我。昨者一语天地睽⑤，公然对面相勃豀⑥。傲奴诽我未贤圣，我坐傲奴小不敬。拂衣一去何翩翩，可怜傲骨撑青天。噫嘻乎⑦，安得好风吹汝朱门权要地⑧，看汝仓皇换骨生百媚⑨。

作　者

　　曾国藩（1811年—1872年），字伯涵，号涤生，湘乡（今属湖南）人。道光十八年（1838年）进士，授翰林院庶吉士，散馆授检讨。后官礼部右侍郎兼署兵部右侍郎、署吏部左侍郎等。太平天国运动爆发后，在乡办团练，组建为湘军，任两江总督，镇压太平军，封毅勇侯。谥号文正。论学主张义理、辞章、考据三者缺一不可。古文卓绝一代，其诗宗"江西诗派"。后人辑有《曾文正公全集》。

注　释

① 傲奴：脾气倔强的奴仆。
② 君不见萧郎老仆如家鸡，十年笞（chī）楚心不携：唐代的萧颖士，为开元进士，有老仆事之十年，捶楚严酷，或劝其去，答云："非不能去，爱其才也。"
③ 君不见卓氏雄资冠西蜀，颐使千人百人伏：西汉临邛（今四川邛崃）巨富卓王孙，家中奴仆甚众，无不驯服。
④ 自许颇：颇为自许。
⑤ 天地睽（kuí）：天高地卑，上下悬隔。
⑥ 勃豀：家庭中的争吵。
⑦ 噫嘻乎：感叹词。
⑧ 朱门权要地：指权贵之家。朱门，朱红色漆的门，多指富贵人家。
⑨ 仓皇：慌张。

简　评

奴颜与媚骨原是紧紧相连的，奴而能"傲"，立题就新鲜。从诗中所写境况看，当是曾国藩早年的作品。径取生活中偶发事件入诗，题材不落窠臼，先就赢得几分。长句排比开篇的格局，先从两个关于奴仆的故事说起，能收到先声夺人的效果，增加歌行气势感。以下进入叙事。原来昨天主奴两个闹翻了脸，奴才受了主子的气，背后嘀咕已属不敬，何况对面抢白。"傲奴诽我未贤圣"二句，据实直书口角交锋，也是极其生动诙谐的速写笔墨。最后傲奴拂衣而去，哪里有半点奴气。于是主人愤愤然想：你这样欺我无钱无势算什么，要欺你去欺那有钱有势的主子去！全诗以不长的篇幅活画出两个人，从生活中偶发事件而揭示出世态炎凉、人情势利之一般。行文既挥斥又简劲,颇具阳刚之美。

饲蚕词

金和

阿娘辛苦养蚕天①,娇女陪娘瞋不眠②。
含笑许缝新袜裤,待娘五月卖丝钱③。

作　者

金和(1818年—1885年),字弓叔,号亚匏,上元(今属江苏)人。邑诸生。有《秋蟪吟馆诗钞》。

注　释

①养蚕天:指农历三月,旧称"蚕月",《诗经·豳风·七月》:"蚕月条桑。"
②瞋:瞪着眼睛。
③卖丝钱:指卖蚕茧所获得的钱。

简　评

原诗题下共有诗五首,作于咸丰二年(1852年)。这一首写母女二人。母亲是一位辛苦的蚕妇,春蚕一出,就忙采桑、换叶及察看蚕种,难免熬夜;女儿既称"娇女",可见尚小,深夜看妈妈弄蚕,不愿睡。大约是看见蚕宝宝长势很好,母亲心头高兴,所以早早许下了一愿:"含笑许缝新袜裤,待娘五月卖丝钱。"母亲讲这话的先决条件,是让女儿赶快去睡。也可以想象那小女孩终于带着甜甜的微笑,上床去做穿新衣的梦了。然而,这一愿是不是许得太早,要是遭了天灾呢?要是蚕丝掉了价呢?这都是说不准的事儿。只希望那母女的"含笑"能持续到五月,可别让"新袜裤"成了画饼。

纪事①

黄遵宪

甲申十月,为公举总统之期。合众党欲留前任布连,而共和党则举姬利扶兰。两党哄争,卒举姬君。诗以纪之。

吹我合众笳②,击我合众鼓,擎我合众花,书我合众簿。汝众勿喧哗,请听吾党语:人各有齿牙,人各有肺腑。聚众成国家,一身比尺土。所举勿参差③,此乃众人父④。击我共和鼓,吹我共和笳,书我共和簿,擎我共和花。请听吾党语,汝众勿喧哗:人各有肺腑,人各有齿牙,一身比尺土,聚众成国家。此乃众人父,所举勿参差。

此党夸彼党,看我后来绩。通商与惠工,首行保护策。黄金准银价,务令昭画一。家家田舍翁,定多十斛麦。凡我美利坚,不许人侵轶。远方黄种人,闭关严逐客⑤。毋许溷乃公,鼾睡卧榻侧⑥。譬如耶稣饼⑦,千人得饱食。太阿一到手⑧,其效可计日。彼党斥此党,空言彼何益。

彼党讦此党⑨,党魁乃下流。少作无赖贼,曾闻盗人牛。又闻挟某妓,好作狭邪游⑩。聚赌叶子戏⑪,巧术妙窃钩⑫。面目如鬼蜮⑬,衣冠如沐猴⑭。隐匿数不尽,汝众能知不?是谁承余窍⑮?竟欲粪佛头⑯。颜甲十重铁⑰,

亦恐难遮羞。此党讦彼党，众口同一咻[18]。

某日戏马台[19]，广场千人设。纵横乌皮儿，上下若梯级。华灯千万枝，光照绣帷彻。登场一酒胡[20]，运转广长舌[21]。盘盘黄须虬[22]，闪闪碧眼鹘[23]。开口如悬河，滚滚浪不竭。笑激屋瓦飞，怒轰庭柱裂。有时应者者[24]，有时呼咄咄[25]。掌心发雷声，拍拍齐击节。最后手高举，明示党议决。

演说事未已，复辟纵观场。铁兜绣衫裲裆[26]，左右各分行。宝象黄金络，白马紫丝缰。橐橐安步靴，林林耸肩枪。或带假面具，或手执长枪。金目戏方相[27]，黑脸画鬼王[28]。仿古十字军[29]，赤旆风飘扬。齐唱爱国歌，曼声音绕梁。千头万头动，竞进如排墙。指点道旁人，请观吾党光。

众人耳目外[30]，重以甘言诱[31]。浓绿茁芽茶，浅碧酿花酒。斜纹黑普罗[32]，杂俎红氍毹[33]。琐屑到钗钏，取足供媚妇。上谒士雕龙[34]，下访市屠狗[35]。墨尿与侏张[36]，相见辄握手。指此区区物，是某讬转授。怀中花名册，出请纪谁某[37]。知君有姻族，知君有甥舅。赖君提挈力，吾党定举首。

丁宁复丁宁[38]，幸勿杂然否[39]。四年一公举，今日真及期。两党党魁名，先刻党人碑[40]。人人手一纸[41]，某官某何谁。破晓车马声，万蹄纷奔驰。环人各带刀[42]，故示官威仪。实则防民口，豫备国安危。路旁局外人，各各掩眼窥[43]。三五立街头，徐徐撚颔髭。大邦数十筹[44]，胜负终难知。赤轮日可中，已诧邮递迟。俄顷一报来，急喘竹筒吹[45]。未几复一报，闻锣惊复疑。抑扬到九天，啼笑奔千儿。夜半筹马定，明明无差池[46]。轰轰祝炮声，雷乡云下垂。巍巍九层楼，高悬总统旗。

吁嗟华盛顿[47]，及今百年矣。自树独立旗，不复受压制。红黄黑白种，一律平等视。人人得自由，万物咸遂利。民智益发扬，国富乃倍蓰[48]。泱泱大国风，闻乐叹观止。乌知举总统，所见乃怪事。怒挥同室戈[49]，愤争传国玺[50]。大则酿祸乱，小亦成击刺。寻常瓜蔓抄[51]，逮捕遍官吏。至公反成私，大利亦生弊。究竟所举贤，无愧大宝位。倘能无党争，尚想太平世。

作　　者

　　黄遵宪（1848年—1905年），字公度，嘉应（今广东梅州）人。光绪二年（1876年）举人。历任驻日本公使馆参赞、驻美国旧金山总领事、驻英国公使馆二等参赞、驻新加坡总领事。二十三年（1897年）署湖南按察使。参加戊戌变法，失败后，被免去官职，回籍以读书、办学校、教子孙自遣。诗界革命巨子。有《人境庐诗草》《日本杂事诗》等。

注　　释

　　①纪事：纪美国大选之事。这首诗作于光绪十年甲申（1884年），诗人时任旧金山总领事。美国自1877年以来，长期由共和党执政。1884年大选时，总统为布连。但大选前两年美国国会选举时，民主党已取得国会多数，故此次大选民主党获胜。诗序中有笔误，应为"共和党欲留前任布连，而合众党（民主党）则举姬利扶兰"。

　　②合众：指合众党，即民主党。

　　③勿参差：没错。

④ 众人父：指总统。
⑤ 逐客：指禁止偷渡。
⑥ 毋许溷（hùn）乃公，鼾睡卧榻侧：指竞选者保护国家安全之许诺。李焘《续资治通鉴长编·太祖开宝八年》："上怒，因按剑谓铉曰：'不须多言，江南亦有何罪，但天下一家，卧榻之侧，岂容他人鼾睡乎！'铉皇恐而退。"
⑦ 耶稣饼：耶稣以饼分食数千余众，事见《圣经·新约全书·马太福音》。
⑧ 太阿：剑名，借指权柄。
⑨ 讦（jié）：揭发别人的隐私或攻击别人的短处。
⑩ 狭邪游：指出入风月场所。
⑪ 叶子戏：古代一种以叶子格为具的博戏。
⑫ 窃钩：偷腰带钩，指小偷小摸，语出《庄子·胠箧》："彼窃钩者诛，窃国者为诸侯。诸侯之门而仁义存焉。"
⑬ 鬼蜮（yù）：妖魔鬼怪。
⑭ 沐猴：猕猴，《史记·项羽本纪》："人言楚人沐猴而冠耳。"
⑮ 承余窍：指逐臭。余窍，意指肛门，语出《列子·仲尼》："设令发于余窍，子亦将承之。"
⑯ 粪佛头：喻玷污好东西。
⑰ 颜甲十重铁：《开元天宝遗事》："时人云：'光远惭颜，厚如十重铁甲。'"
⑱ 咻（xiū）：吵嚷。
⑲ 戏马台：古迹，在今江苏徐州，为刘裕饯送孔季恭处，借指政党举行会议场所。
⑳ 酒胡：卖酒的胡人。
㉑ 广长舌：佛的舌头，喻能言善辩。
㉒ 黄须虬：黄色的连鬓胡子。虬，龙，喻胡子。
㉓ 碧眼鹘（hú）：蓝眼睛。鹘，一种凶猛的鸟，属隼科。
㉔ 者者：啧啧，赞同声。
㉕ 咄咄：惊讶声。
㉖ 铁兜：铁兜鍪，指头盔。裲裆：背心。
㉗ 方相：逐疫驱鬼之神，黄金四目，见《阿毗达摩大毗婆沙论》。
㉘ 鬼王：传说中鬼的头领。
㉙ 十字军：公元十一世纪罗马教皇发动宗教战争，从征者衣服上缝有红十字标志。此处形容游行队伍声势浩大。
㉚ 耳目：指以上各段叙述竞选演说或表演，皆属视听方面。
㉛ 甘言诱：以花言巧语引诱，语出《左传·僖公十年》："币重而言甘，诱我也。"
㉜ 普罗：即氆氇，绒毛织品。

㉝ 杂俎红氈兘（fēndòu）：有红色花纹的呢类织品。氈兘，氍毹一类的毛织品。
㉞ 士雕龙：有才华的社会名流。雕龙，喻文采。
㉟ 市屠狗：指职业低下的小市民。屠狗，杀狗匠，古人视此为贱业。
㊱ 墨屎（chì）：指无赖之徒。侏张：指强横跋扈之徒。
㊲ 纪谁某：写上某人的名字。
㊳ 丁宁：即"叮咛"，反复地嘱咐。
㊴ 杂然否：犹豫不决。
㊵ 党人碑：本宋徽宗时朝廷公布的旧党党人名单，这里借指竞选广告。
㊶ 一纸：指选票。
㊷ 环人：周代官职名，掌军事联络、迎送外宾、持节出使等事，此处借指警察。
㊸ 埒（liè）眼窥：侧目而视。
㊹ 大邦数十筹：指各州选举人票数。
㊺ 急喘竹筒吹：韩愈《寄崔二十六立之》："喘如竹筒吹。"
㊻ 夜半筹马定，明明无差池：写选举清票得出结果。
㊼ 华盛顿：第一任美国总统，其离世距作此诗时差不多百年。
㊽ 倍蓰（xǐ）：倍为一倍，蓰为五倍。
㊾ 同室戈：同室操戈，泛指内部斗争。
㊿ 传国玺：传国玉玺，喻指大位。
㉛ 瓜蔓抄：指连坐灭族，中国封建时代一种野蛮的刑罚。

简　评

这首诗写1884年美国总统大选，是别开生面的长篇叙事诗。诗分八段（一说八首）。除最后一段诗人抒发感慨以外，其余各段皆叙述诗人亲见亲闻的一场"驴象之争"的闹剧。第一段二十四句写大选前两党竞选宣传。前半段写民主党的宣传，奇句押平韵，偶句押仄韵；后半段写共和党的宣传，则只将前半部分的对句和出句交换位置，奇句转作仄韵，偶句换为平韵。前后除改"合众"为"共和"及语句次第颠倒外，几乎一字不差。第二段二十句、第三段十八句写两党的自我吹嘘和相互攻讦。第四段二十句写两党的竞选演说，可谓绘声绘色。第五段二十句写演讲完毕的街头游行。第六段写贿选丑行，模拟贿选者甘言引诱声口，惟妙惟肖。

第七段写大选投票清票及结果。第八段写诗人的观感。全诗站在向往君主立宪制的立场上看待竞选制度，虽不可能揭示资产阶级两党政治的实质，仍然不失为"新派诗"中的佳作，不失为中国古代叙事诗的一朵奇葩。它毕竟是诗人睁开眼睛看世界而写就的作品，且用宏大的篇幅，完整地展示了美国总统大选的过程，以犀利敏锐的目光和笔触，戳穿了一些"西洋镜"，揭示了资产阶级民主阴暗的一面，又像八幕一出的活报剧，从内容到形式，都突破了传统古诗的格局。诗人在语言运用上熔古今中外于一炉，充分表现了革新诗风的精神。

海行杂感①

黄遵宪

星星世界遍诸天，不计三千与大千②。
倘亦乘槎中有客③，回头望我地球圆。

注　释

①海行：诗人于光绪八年（1882年）自日本横滨赴美国旧金山任总领事之行。

②星星世界遍诸天，不计三千与大千：是说天上任何部分都有星球。诸天，《佛经》说欲界有六天，色界之四禅有十八天，无色界之四处有四天，其他尚有日天、月天、韦驮天等诸天神，总称之为"诸天"。三千与大千，即三千大千世界。佛家认为，以须弥山为中心，七山八海交绕之，更以铁围山为外郭，是谓一小世界，合一千个小世界为小千世界；合一千小千世界为中千世界；合一千中千世界为大千世界，总称为三千大千世界。在大千世界上更加"三千"，表示这大千世界是由小千、中千、大千三种千合成的。

③乘槎：乘坐竹、木筏。旧说天河与海通，每年八月海潮来时，可乘槎到天河，见《博物志》卷十。

简 评

　　这首诗写诗人在海上望星空时的幻想，融进了今人的科学常识。当他仰望天上闪烁的星星，特别是望月亮的时候，不禁好奇地想，要是在太空中回望地球又该是怎样的情景。诗人自己没法看到这样的情景，所以在想象中借传说中的"乘槎"中人的眼睛看之，那一定是比月亮更大的蓝色星球吧。当然，诗人还想不到地球在太空中呈现出的颜色会是蓝的，但今天的"乘槎中客"宇航员，却看到了这样的情景。通过航天器发回的图片，我们都看到了这样的情景。诗人在一百三十多年前，就写出了这样的诗句，当然是可圈可点了。

三十初度 ①

黄遵宪

学剑学书无一可②，摩挲两鬓渐成丝③。
爷娘欢喜亲朋贺④，三十年前堕地时⑤。

注 释

　　①初度：刚出生之时，指生日。屈原《离骚》："皇览揆余初度兮，肇锡余以嘉名。"
　　②学剑学书无一可：语出《史记·项羽本纪》："项籍少时，学书不成，去，学剑，又不成。"
　　③摩挲：抚摩。两鬓渐成丝：指两鬓渐白。
　　④爷娘：爹娘。
　　⑤堕地时：刚出生时。

简 评

　　这是一首三十岁生日自嘲诗。诗中所写情事是具有普遍性的。试想，哪一家生孩子，贺喜的人不会说一些恭维的话呢？至于这些话是否应验，谁又会认真去管它呢？诗人在三十生日回顾过去，自觉一事无成时，却端端拈出这一点人情，一面自我揶揄，一面揶揄世相，确有味道。"学剑学书无一可"二句先表怅然落寞的今日情怀，"爷娘欢喜亲朋贺"二句再转到喜庆和期冀的往日情境。在写法上不一顺平放，所以全诗饶有唱叹。倒装在这首诗里发挥了积极的作用。

春愁①

丘逢甲

春愁难遣强看山，往事惊心泪欲潸②。
四百万人同一哭③，去年今日割台湾④。

作　者

丘逢甲（1864年—1912年），又名仓海，字仙根，号蛰仙，祖籍广东镇平（今广东蕉岭），生于台湾苗栗。光绪十五年（1889年）进士。未任官，赴台湾各地讲学。后抗击日寇，兵败回广东执教办学。辛亥革命后，赴南京，为南京临时政府参议院参议员。有《岭云海日楼诗钞》。

注　释

①春愁：唐宋诗中多寓国恨于春愁，如杜甫《春望》："国破山河在，城春草木深，感时花溅泪，恨别鸟惊心。"李商隐《曲江》："天荒地变心虽折，若比伤春意未多。"《杜司勋》："刻意伤春复伤别，人间唯有杜司勋。"陈与义《伤春》："孤臣霜发三千丈，每岁烟花一万重。"

②潸（shān）：流泪的样子。

③四百万：诗人原注："台湾人口合闽、粤籍，约四百万人也。"

④去年今日：指光绪二十一年三月二十三日（1895年4月17日），清政府与日本签订丧权辱国的《马关条约》，将台湾割让给日本。

简　评

《马关条约》签订后，诗人曾屡次上疏清廷，请保持台湾主权。护台义军失败后，他内渡大陆，越明年作此诗。诗中"去年今日"四字，指《马关条约》签订的日子，因此这首诗最需痛下眼看，相当于"国耻日作"。明乎此，就不难体味"春愁难遣""往事惊心"八字所包含的沉痛思想感情了。这"春愁"不是系于诗人一身，而是关乎天下忧乐的，具有十分沉重的现实内容。"泪欲潸"三字，有一种强忍不禁的情态，为下文蓄势。"四百万人同一哭"，那哭声应该惊天动地、振聋发聩吧。"去年今日割台湾"是直书国耻，字字掷地有声。"割台湾"是"去年今日"之事，而"四百万人同一哭"则是今年今日情景。比照之下，可见同胞骨肉敌忾同仇，悲愤实深。三户亡秦，希望正在于此。

山村即目[①]

丘逢甲

一角西峰夕照中[②]，断云东岭雨蒙蒙[③]。
林枫欲老柿将熟[④]，秋在万山深处红。

注　释

① 山村：山中村庄。此处指诗人离台湾内渡后，定居在祖籍广东镇平（今广东蕉岭）的澹定村。"村在镇平县北之文福乡。乡之西，翼然而起者庐山也。其山多松，山之主峰曰松光峰，其麓有林，曰松林，湾曰松湾，而澹定村在焉。"（诗人未刊稿《松山书屋图书》）
② 西峰：指澹定村西的庐山。
③ 断云：片云。郑思肖《咏制置李公苾》云："仰面青天哭断云。"
④ 林枫欲老：枫叶红了。

简　评

　　这首诗作于光绪二十五年（1899年），诗中所写山村即澹定村。"一角西峰夕照中"二句，写即目所见的一山之中气候不齐的自然奇景，使人感到西山是"晴方好"，而东岭是"雨亦奇"（苏轼），"东边日出西边雨"（刘禹锡）。"林枫欲老柿将熟"二句是诗人此诗的写点：枫叶红了，柿子也红了，是最典型的秋色。"秋"是季节，本无色相。通常可以说"秋叶红"，却不可说"秋红"。诗人不说"都在万山深处红"却说"秋在万山深处红"，使本不具形色的"秋"有了形色，顿生新意。所以"秋"是炼字，若写成"都"就是懒字。此外，第三句"欲""将"二字指向最后一句的"红"字，其作用是使"红"更富于生机，亦佳。

有感

蒋智由

落落何人报大仇[①]，沉沉往事泪长流[②]。
凄凉读尽支那史[③]，几个男儿非马牛[④]。

作　者

　　蒋智由（1866年—1929年），字观云，号因明子，诸暨（今属浙江）人。曾参与梁启超在日创办的《新民丛报》编辑工作。

注　释

　　①落落：零落、孤单。左思《咏思》："落落穷巷士，抱影守空庐。"
　　②沉沉：沉重的样子。往事：指百年往事，自1840年鸦片战争后，中国逐步沦为半殖民地半封建社会，经过中法战争、中日甲午战争、八国联军侵华战争，帝国主义步步逼近，清王朝日益腐败堕落，1842年与英国政府签订了丧权辱国的《南京条约》，1844年与美国政府签订了《望厦条约》，1858年与英、法、美、俄签订《天津条约》，等等，把大好河山搞得支离破碎，民不聊生。

③ 支那史:《百年中国史》。支那,近代日本侵略者对中国的蔑称。
④ 几个男儿非马牛:指半殖民地半封建社会里,从事苦力的中国人之多。

简　评

　　这首诗写读《百年中国史》的感慨。"落落何人报大仇"二句,一开头就向读者提出了一个问题:诗人有何大仇要报?又为何流泪?原来诗人重温百年中国史,所谓"大仇"指全体中国人民的深仇大恨。"凄凉读尽支那史"二句进而指出,近百年来占中国人口绝大多数的劳动者,受尽了压迫和剥削,不但做自己人的牛马,而且做外国人的牛马。而不做牛马者,是占中国人口极少数的官僚、地主、买办资产阶级,极而言之,只能说成"几个"了。这首诗富于激情,站在中国人的立场,矛头是指向帝国主义的。鲁迅先生说:"用笔和舌,将沦为异族的奴隶之苦告诉大家,自然是不错的,但要十分小心,不可使大家得着这样的结论:那么,到底还不如我们似的做自己人的奴隶好。"(《半夏小集》)这就更加全面了。

纪事诗

梁启超

　　猛忆中原事可哀①,苍黄天地入蒿莱②。
　　何心更作喁喁语③,起趁鸡声舞一回④。

作　者

　　梁启超(1873年—1929年),字卓如,号任公,又号饮冰室主人,广东新会(今属广东江门)人。光绪十六年(1890年)举人。会试不第,就学于广州万木草堂,受业于康有为,主张维新变法。失败后,逃往日本,创办《新民丛报》。辛亥革命后,曾任北洋政府财政总长，参加了"倒袁"运动。晚年弃政讲学，在清华国学研究院任教。积极主张小说、诗歌革命，影响巨大。辑有《饮冰室合集》。

注　释

① 猛忆：突然想起。中原：指中国。
② 苍黄：青色和黄色，亦指发灰的黄色。蒿莱：野草，杂草。
③ 喁（yú）喁语：说话低声，柔和细微。
④ 起趁鸡声舞一回：化用闻鸡起舞故事，晋代祖逖和刘琨均怀壮志，且同辟司州主簿，情好绸缪，中夜闻鸡鸣而俱起，曰："此非恶声也。"遂舞剑习武。事见《晋书·祖逖传》。

简　评

　　这首诗作于戊戌变法失败，诗人东渡日本时。"猛忆中原事可哀"二句是说中夜梦回，便会突然想起祖国的情况，而深感哀痛。"苍黄"一词源出《墨子》，本谓丝经染色则易变。孔稚珪《北山移文》云"苍黄反复"，是说天翻地覆。"苍黄天地入蒿莱"则是说中国政局动荡，野草丛生，百事荒废，有待治理。诗人在百日维新失败后，东渡日本，远离神州是非之地，已经得到政治上的避难场所，可以暂享片刻安宁。他既可以潜心学问，也可以享受个人家庭生活乐趣。但他不作此想。"何心更作喁喁语"二句，将闻鸡起舞的情事，与燕婉温馨的闺房联系，更见得主人公的顽强意志和英雄本色并未消磨，使这首诗充满激动人心的豪情，从而为人传诵。

读陆放翁集（其一）①

梁启超

诗界千年靡靡风②，兵魂销尽国魂空③。

集中什九从军乐④,亘古男儿一放翁⑤。

注 释

① 陆放翁：南宋爱国诗人陆游。
② 靡靡：柔弱不振。
③ 兵魂、国魂：战斗意志和爱国情操。
④ 什九：十分之九。
⑤ 亘古：整个古代。

简 评

这首诗的写作时间与前诗相同，写读陆游诗集引起的感慨。原为组诗四首，这里所选的是其中一首。"诗界千年靡靡风"二句从大处着笔，概括千年来诗坛柔弱不振的总趋势。这显然是过情之语，因为很容易引起反驳，比如南宋辛派词人、明代的边防诗人，都延续了陆游的战斗意志和爱国情操。但诗人抹倒"诗界千年"，是为了突出陆游一人，这叫尊题。同时，诗人主要针对的是清代文化专制主义高压下诗坛的风气而言，所以不必抬杠。"集中什九从军乐"二句是对陆游诗集内容的概括和高度评价。陆诗最大的特点，诚如诗人自注所说："中国诗家无不言从军苦者，惟放翁则慕为国殇，至老不衰。"诗人推崇陆游的目的，则是为了拯救祖国，树一标杆罢了。

今子夜歌（其一）①

夏敬观

侬欢各天涯②，莫道离别苦。
虽云不相见，朝朝帖耳语③。

作　　者

　　夏敬观（1875年—1953年），字剑丞，又字盥人、缄斋，晚号映庵，新建（今属江西）人。光绪二十年（1894年）举人，官浙江提学使。辛亥革命后曾任浙江教育厅厅长。晚居上海。有《忍古楼诗集》等。

注　　释

　　① 子夜歌：东晋乐府五言四句体民歌，属吴声歌曲，多用双关、隐语等修辞手法写男女恋情。
　　② 侬：我。欢：对恋人的称谓。
　　③ 帖耳语：指打电话。

简　　评

　　这首诗是以古题写新事的组诗四首中的一首，写打电话。"侬欢各天涯"二句，一反古人诗词中写到离别的愁态。这得感谢爱迪生发明了电话。在往昔，想爱人想得痴狂时，会产生听觉的错觉，仿佛听到那熟悉的亲切的呼唤，从而有"回头错应人"或"虚应空中诺"的尴尬。"虽云不相见"二句写电话的神奇，虽然不能面对面，但拿着听筒咬耳朵，就比和想象中的爱人对话心中实在，也自在。听到那熟悉亲切的声音，仿佛还耳鬓相磨似的。最后一句的"朝朝"二字不要草草放过，这等于说天天打电话，是热恋中人的常态。与《子夜歌》时代的女子比较，诗中女主人公真是幸福多了。

马头调①·离情

无名氏

离了我来你可闷不闷？见了我来你可亲不亲？我走了，

不知你可恨不恨？在人前，不知你可问不问？想我的心肠，不知你可真不真？我想你，不知你可信不信？我想你，不知你可信不信？

注　释

① 马头调：清代民间广泛流传的一种曲牌，在清代大型俗曲总汇《白雪遗音》中，是唯一有工尺谱传世的曲牌。

简　评

这首抒写离情的民歌，与同一主题的文人之作大异其趣之处在于，它不取内心独白式的抒情，而通篇采用单方面连珠炮式的问话形式。每一个问题的答案都是明摆着的：闷不闷？闷。亲不亲？亲。恨不恨？恨。问不问？问。真不真？真。信不信？信。既然明知，何以还要问呢？个中包含一个生活真谛：是爱，就请大声说出来，不要让我们的心上人自己去猜想。而所有这些独立成句的单字，又都押韵，那就更妙了。

寄生草①·相思

无名氏

得了一颗相思印②，领了一张相思凭③。相思人走马去到相思任④，相思城尽都害的相思病⑤。新相思告状，旧相思投文⑥。难死人，新旧相思怎审问？难死人，新旧相思怎审问？

注　释

① 寄生草：曲牌名，属北曲仙吕宫。
② 印：官印。
③ 凭：公文。
④ 相思任：即爱情司。
⑤ 相思城：指青春城。
⑥ 投文：告状的另一种说法。

简　评

这首诗极富奇趣，奇趣在于诗人把相思比拟成一桩难断的公案，从而派生出一连串奇想。诗中设计了一个司相思的官儿，他得到相思的官印，领到相思的公文，然后到相思城上班。相思城的男女都害着相思病，许多人有官司要打。然而"难死人"。常言道"清官难断家务事"，而比家务事更难断的，则是爱情纠葛，即所谓"相思的公案"（如单相思、喜新厌旧、妒忌防嫌，等等）。诗人通过戏谑语气，道出了人间男女相思的微妙性和复杂性，全诗几乎句句都嵌入了"相思"二字，行文畅快，妙到毫巅。

寄生草·折扇

无名氏

情人送奴一把扇①，一面是水一面是山。画的山层层叠叠真好看，画的水曲曲弯弯流不断。山靠水来水靠山，要离别，除非山崩水流断②。

注　释

① 奴：古代女子对自己的谦称。
② 除非山崩水流断：双关折扇上的这边山崩，那边水断。

简　评

　　这首曲子看似咏物，实为题情。"折扇"在作品中不仅是所咏之物，而且是一个诗歌意象。主人公把它比作牢不可破的爱情，这个譬喻相当巧妙。试想一把折扇，"一面是水一面是山"，"山靠水来水靠山"，如果破坏了一面，另一面还能保全吗？所以"要离别，除非山崩水流断"。话如果反过来说，那就是相依为命，永不分离了。作品构思巧妙，语言流畅，极有曲味，是同类题材中的佼佼者。